Originalcopyright 2025
© Herausgeberin Anja Ziegler
Projekt GAMBIO – Der perfekte Tausch
gambio-der-perfekte-tausch.jimdosite.com

Autor:innen:
Steffi Lofeldt, Maria Jimenez, Petra Baar, Marco
Plate, Donata Schäfer, Guido Ewert, Ingo M. Ebert,
Gerd Schäfer, Anja Ziegler und Sina Land
Gastbeitrag von nur_maro

Rahmengeschichte: Anja Ziegler und Sina Land
(@autorin.anja.ziegler, www.sina-land.jimdo.com)
Zeichnungen: Inna Schrameyer
Cover- und Innengestaltung: Sina Land
unter Verwendung von Bildern aus Pixabay und
einer Zeichnung von Inna Schrameyer
Lektorat: Sina Land
Korrektorat: Thorsten Breuer (www.lektorat-breuer.de)

1. Auflage Juni 2025

Verlag: BoD · Books on Demand GmbH,
Überseering 33, 22297 Hamburg, bod@bod.de
Druck: Libri Plureos GmbH, Friedensallee 273,
22763 Hamburg
ISBN: 978-3-8192-9826-4

FSC
www.fsc.org
MIX
Papier aus ver-
antwortungsvollen
Quellen
Paper from
responsible sources
FSC® C105338

Spektakolo

Eine Bühne voller
Tauschgeschichten

Zum Hintergrund der Entstehung

Dieser Roman besteht nicht nur aus einer Gesamtgeschichte, sondern ebenso aus vielen zusammengefügten kurzen Tauschgeschichten, die im Projekt „GAMBIO – Der perfekte Tausch" von Sina Land entstanden sind. Somit haben an diesem Buch mehrere Autor:innen aus dem Team geschrieben. Die Geschichten haben sich über die Zeit der bei uns vorgeschlagenen Tauschgegenstände entwickelt. Durch die Rahmengeschichte sind sie nun zusätzlich zu einem einzigen Roman zusammengeflochten. Obendrein beinhaltet das Spektakolo einen Gastbeitrag, den wir bei einem unserer Schreibwettbewerbe ausgewählt haben.

Widmung

Für alle extrovertierten Menschen,
die sich abenteuerlustig
auf die Bühne des Lebens trauen
und im Scheinwerferlicht aufblühen.

Und für alle introvertierten Menschen,
die sich an der Rolle des Beobachters erfreuen
und die Welt gerne aus der
Zuschauerloge genießen.

Inhaltsverzeichnis

Ausschreibung

Sie sind Protagonist

oder Protagonistin einer Geschichte, weil es für Sie nichts Schöneres gibt, als die Hauptrolle in einer Tauschgeschichte zu spielen? Die Storys mit Ihnen füllen ganze Schubladen, und niemand liest diese? Sie haben eine sensationelle Geschichte zu erzählen?

Dann sind Sie genau richtig bei uns!

Wir lesen nicht nur für unser Leben gerne Ihre Geschichten, wir verfilmen sie sogar!

Wir, das sind die „GAMBIO-Filmstudios". Bei uns gibt es keine Drehbücher, die wie Massenware aussehen, keinerlei vorhersehbare Begebenheiten.

Bei uns bestimmen SIE als Protagonist:in, was gefilmt wird.

Einzige Bedingung:

In jeder Story MUSS etwas getauscht werden.

Also – nichts wie ran an die Bewerbung.

Einsendeschluss ist der 11.11.

Unsere Fachjury sucht die beste Geschichte für den neuesten Hit „GAMBIO – Der Film". Nur ein Protagonist oder eine Protagonistin kann gewinnen. Die Sieger-Tauschstory wird am Ende des Wettbewerbes verfilmt - natürlich zusammen mit Ihnen.

Kosten entstehen keine, die Rechte am Tauschgeschichten-Film erwerben die „GAMBIO-Filmstudios". Der Rechtsweg ist ausgeschlossen.

Von Anja Ziegler und Sina Land

D ieter D ielen

„Meine Güüüte, wo bin ich denn hier gelandet?",
fragt sich Dieter Dielen. Er ist ein Mann, dem man
sofort ansieht, dass er sein wahres Alter schon vor
Jahren unter den Tisch gekehrt hat. Forsch betritt
er das Büro der „GAMBIO-Filmstudios".
„Hallo?", fragt er kraftvoll. Seine Stimme hebt sich.
„Hallo? Ja, seid ihr alle auf dem Sch … haus oder
was? Wird man hier nicht begrüßt?"

Eine junge Dame, orangefarbene Haare, die zu
einem Bob geschnitten sind, im selben Ton
geschminkter Mund, Zahnpastalächeln, läuft mit
Turnschuhen wuselig durch den Raum. Das T-Shirt
ist so kurz, dass sich ihr Bauchnabel mit einem
Piercing deutlich abzeichnet. Die Karottenhose ist
nur dreiviertellang.

Dieters Miene erhellt sich augenblicklich, und
ein anerkennender Pfiff zischt aus seinem Mund.

„Nein, wir sind nicht alle dort, wo der Kaiser
zu Fuß hingeht."

Ui, schlagfertig ist sie obendrein. Im Moment,
als er die Lippen öffnet, um einen Spruch heraus-
zuhauen, kommt ihm die Orangine zuvor.

„Angenehm, Madison Johnson, ich bin hier das Laufgirl, kümmere mich um alles, was so hinter der Bühne passiert. Ganz nebenbei gesagt, das ist eine Mega-Show. Bevor ich hier eingestellt wurde, habe ich mich selbst mit meiner Geschichte beworben. Aber es gibt einfach so viele krasse Storys, da hatte ich keine Chance. Wie auch immer. Ihre beiden Kolleg:innen sind schon seit einer Viertelstunde am Set, deshalb ist hier sonst niemand." Ihr Lächeln scheint keinerlei Verteidigungsreden zu dulden.

Wie angewurzelt steht Dieter vor ihr, vollkommen mit Staunen und Verwunderung beschäftigt. So eine bezaubernde, junge Schönheit, und dann solch ein überwältigendes Mundwerk? Krass, langsam werde ich alt, stellt er fest.

Nach drei Gedenksekunden findet er seinen Wortschatz wieder. „Tachchen, ich bin Dieter Dielen, kannst aber Didi zu mir sagen." Er streckt ihr seine Hand entgegen. „Sorry, auf der A8 war Stau." Mit seinem intensivsten Dackelblick versucht er, sie zu beeindrucken.

„Macht nichts, Herr Didi." Sie schaut wie eine Miezekatze auf Samtpfötchen. „Folgen Sie mir. Ich glaube, wir werden unseren Spaß haben."

„Ach, du grüne Ka …!", murmelt er mehr für sich. Das schaut nicht nach leichter Beute aus. Hoffentlich haben die hier wenigstens einen gescheiten Kaffee. Dann trottet er der jungen Dame hinterher, wie der „Neue", der in der Seniorenresidenz seinen Platz am Esstisch zugewiesen bekommt.

Von Anja Ziegler und Sina Land

Prilblümchen

Gemeinsam mit Madison betritt Dieter ein modern eingerichtetes Büro, in Weiß gehalten, mit extrem bunter, moderner Kunst an den Wänden, was einen schwungvollen Kontrast zum Rest bildet. Die Madison deutet auf den langen Konferenztisch, an dessen Eck zwei andere Personen sitzen.

„Ah, meine neuen Kollegen." Er lacht zur Begrüßung und mimt den Starken, hat keine Lust darauf, hier wie der olle Tüttel behandelt zu werden. So ergreift er lieber von sich aus die Initiative.

„Alle fit?", fragt er leichtfertig in die Runde. Beim genaueren Hinsehen stutzt er. Oh nein, bitte nicht die beiden! Obwohl Dieter durch jahrzehntelanges Businesschaos gestählt ist, fällt es ihm schwer, sich zusammenzureißen, um beim Anblick der Mitjuroren nicht entsetzt den Kopf zu schütteln.

Madison Johnson übernimmt souverän an seiner Stelle: „Darf ich vorstellen? Wir sind sehr stolz, dass es uns gelungen ist, keine Geringere als die Star-Moderatorin Nella von Sella zu gewinnen. Ihr Hauptsender Skyline TV hat sie gegen einen unserer Journalisten ‚getauscht'." Sie hebt Zeige-

und Mittelfinger, um Anführungszeichen in die Luft zu setzen. „Das ist ein bisschen wie bei der Fußball-Bundesliga, aber das kennen Sie ja sicher, Herr Didi."

Mit gespitzten Lippen nickt er und mustert Nella ungeniert. Rote Locken wackeln um ein fülliges Gesicht, eine rosa Latzhose umspannt ihre Speckröllchen am Bauch. Dieter blinzelt, denn seine Augen gewöhnen sich kaum an die krasse Farbkombination mit dem gebatikten Oberteil in den Farben Rot und Orange. Die Muster darauf sehen aus wie Prilblümchen.

„Na, ick scheine dir ja zu jefallen, wa?" Nella streckt ihm mit einem herzlichen Lächeln die Hand entgegen.

„Eine echt geile Präsenz hast du, das muss man sagen." Anerkennend nickt Dieter.

„Mei, servus Dieter, des is spitze, dass mir jetzt amoi was zsamma machen. I kenn di scho, da war i no so kloa …", ein Bär von einem Kerl strahlt ihn mit perlweißen Zähnen aus einem dunklen Gesicht an. Lange Rastalocken, kombiniert mit einer bayrischen Lederhose, die Füße in Laufschuhen mit grüngelben Neonstreifen, auf dem Shirt der Aufdruck: „Mia san mia."

Bedeutet das, dass sein Kollege ein Unikat ist, und wem es nicht passt, der solls eben lassen? Sogar

Dieter Dielen kommt sich neben ihm unscheinbar vor.

„Das ist unser Castingspezialist Boy Schorsch, Sie kennen ihn bestimmt aus zahlreichen Castings wie ‚Austria Alpenmodel' oder ‚Dancing DJanes', allesamt Quotenrenner." Madison lächelt entzückt. „Für Schorschi wurde der Megastar Hyäne Fischl getauscht."

„Ja, ja, klasse gemacht und super professionell." Dieter hebt die Hand, um Schorsch auf die Schulter zu klopfen, trifft indessen nur seinen Oberarm. „Aber können wir uns auf Hochdeutsch oder so was einigen, das wir alle verstehen? Ich brauch sonst `nen Übersetzärrr", stichelt Dieter.

„Ick gloobe, dit is keen Problem", schießt Nella prompt zurück. „Wir müssen beim Casting ohnehin Hochdeutsch sprechen, schließlich handelt es sich ja um Protagonist:innen. Da ist korrektes Deutsch gefragt", sagt sie und bringt es auf den Punkt.

Schorsch nickt zustimmend und holt sich Saft von der Theke der kleinen Küchenzeile. „Noch jemand etwas zu trinken?", sagt er in ebenfalls extrem betontem Schriftdeutsch. „Gibt`s Kaffee? Und – was war das vorhin mit der Di Tschäään?" Schorschi lässt einen Cappuccino aus der Hightech-Maschine laufen.

Nella grinst. „DJane, ist die weibliche Form von DJ. Wir gendern hier." Sie kreuzt ihre Arme vor der Brust, offenbar, um ihre Aussage zu unterstreichen.

„O Gott, das hab ich mir gedacht", stöhnt Dieter genervt.

Schorsch lacht und frotzelt. „Mei, mach dir nix drauß', kannst ja deine Sprüche auf Gendern umstellen, des kommt sicher gut." Er zwinkert ihm verschwörerisch zu.

Erschlagen lässt Dieter sich auf einen der Freischwinger fallen. „Ich sehe schon, das wird schwerer als angedacht."

Von Anja Ziegler und Sina Land

Stapelgeschichten

Nachdem sich die drei Juroren beim gemeinsamen Mittagessen ein bisschen näher beschnuppert haben, sitzen sie erneut am langen Konferenztisch im schicken Büro. Vor sich die Stapel fein säuberlich aufeinandergelegter Hefter. Ständig springen Laufboys und Laufgirls um sie herum, verteilen Akten und quatschen in ein Walkie-Talkie. Ein Kameramann macht Aufnahmen für „behind the scene"-Ausschnitte.

„Dit mit dem vielen Papier hätte jetzt aber nicht sein müssen, oder? Das ist so Old School." Nella rümpft die Nase.

Dieter kontert. „Aaabär du liest einen Text anders, wenn du ihn siehst – also so richtig auf Papier, nicht auf einem Bildschirm."

Schorsch gibt ihm recht. „Stimmt schon, Old School ist manchmal nicht das Schlechteste."

Nella zuckt mit den Schultern und schnappt sich den erstbesten Hefter. Dann legt sie ihn ebenso flott wieder beiseite. „Eigentlich sollen wir Juroren unvoreingenommen an die Geschichten rangehen." Sie atmet tief durch. „Wir brauchen einen Katalog mit Kriterien. Was für ein Text ist es? Und vor allem: Was wird getauscht? Und …", sie hebt einen Finger, „was bewirkt der Tausch?"

Interessiert schaut sie die beiden Männer an. „Was habt ihr denn schon so in eurem Leben getauscht?"

„Ja mei, a Tausch, ich hab als Bub gerne Fußballbuidl tauscht. Für mei Stickeralbum. In jeder großen Pause haben wir getauscht, mei des war schee." In Schorschs Augen glänzt es. Er starrt verträumt ins Nichts, als stünde er just in diesem Moment erneut auf dem Schulhof.

Dieter räuspert sich. „Also ehrlich, ich bin ja eher Team Kaufen, getauscht habe ich meistens nur meine Lebenspartnerinnen. Also die eine gegen die andere. Nicht so ruhmreich, ich weiß, aber zumindest bin ich ehrlich." Er lugt zu Nella in der Erwartung, dass diese sich über ihn mokiert, und ist erstaunt, dass kein Vernichtungsschlag folgt.

„Dit stimmt, das ist wirklich ehrlich. Dit kann man nicht von jedem sagen."

„Jo, und wia wars bei dir, Nella? Was hast du getauscht?", fragt Schorsch nach.

„Hm, als Moderatorin habe ich meistens Wörter getauscht, mit vielen Musiker:innen und Filmstars."

Dieter zuckt innerlich zusammen. Die immer mit ihrem Genderquatsch. Ob er sich daran je

gewöhnt? „Und was noch?", fragt er schnell nach, um sich abzulenken.

„Ick habe meinen Alltag – also ick komme aus dem Wedding – gegen ein schillerndes Leben getauscht. Vor allem früher bin ick och viel jereist und habe überall Leute interviewt." Sie zählt mit den Fingern auf. „Dubai, Rio, Los Angeles, ick war sogar schon mal in Jarmisch-Partenkirchen und am Timmendorfer Strand."

„I war grad neulich, bei der Josephin Husten, also in Los Angeles. Top-Frau", schwärmt Schorsch.

Nella nickt zustimmend. „Dann wissen wir ja, dass es beim Tauschen oft um das große Ganze geht. Egal, ob Gegenstände, Gefühle, Wörter oder ein komplettes Leben getauscht werden. Irgendetwas verändert sich dabei."

Schorsch zieht eine Schnupftabakdose aus der Hosentasche. „Also, ich wär` ja dafür, dass wir ein bisserl proben und vorab querlesen." Nach einem vernichtenden Blick von Nella, hebt er ent-schuldigend die Hände samt der verzierten Dose. „Ich weiß, du hast es eben gesagt. Wir sollen nicht vorablesen, damit unsere Reaktionen vor der Kamera authentisch sind. Aber mal ehrlich … irgendwie müssen wir uns ja eingrooven." Sein Oberkörper samt Händen bewegt sich zu einer imaginären Musik.

„Dit wollte ick och jerade vorschlagen.“

„Wie war das mit dem Dialekt?“ Dieter grinst breit.

Sie zuckt nur mit den Schultern.

Er nimmt es ihr nicht übel. „Wird schon funktionieren. Wir verstehen uns sozusagen in allen Sprachen.“

Von Anja Ziegler und Sina Land

D̲ie S̲how

„Wia, es geht scho los?" Boy Schorsch schnappt nach Luft und sucht in der Leserhosentasche nach seinem Schnupftabak. „I hob ja no gar koa Nachspeiß gessn."

Dieter Dielen winkt ab, packt seinen Arm und zieht ihn mit sich. „Die isst du hinterher. Jetzt erst die Geschichten. Die Filmleute warten nicht gerne. Komm, wir werden im Studio erwartet."

Die junge Madison mit den orangenen Haaren führt sie durch den Backstagebereich.

„Ja guad, dann … auf ein fesselndes Casting." Mit diesen Worten reißt er sich von Dieter los und stapft eigenständig auf die Tür mit dem fetten Riegel und der überdimensionalen dicken Polsterung zu. Unzählige Male hat er diese oder eine ähnliche durchschritten, doch jedes Mal fesselt es ihn erneut. Dieses Kribbeln im Bauch, die aufgeregte Anspannung vor der Sichtung und die immerwährende Frage: Wird er die richtige Entscheidung treffen? Es dreht sich hier alles um einen Film und nicht weniger wichtig: um seine weitere Karriere samt ihm den Rücken freihaltenden Moneten. Somit ist es von enormer

Bedeutung, dass sie den besten Text auswählen. Abgesägt ist man schneller, als ein Protagonist bei seiner Geschichte Ende ausspricht. Da dreht sich alles um Publikumswirksamkeit und nicht um seine eigenen Vorlieben. Wenn es um die ginge, dann bräuchte es keine Aufregung.

Wie gewohnt schreitet er kraftvoll auf seine Aufgabe, das Publikum und heute auf einen Sofasessel mit der Aufschrift „Boy Schorsch" zu. Tief durchatmend setzt er sich. Dieter Dielen lässt sich in den seinen auf der anderen Seite fallen. Nella von Sella platziert sich in der Mitte. Ein Gong ertönt, gleich darauf die Ansage, dass die Show ihren Anfang nimmt. Sofort stellt das Publikum das Reden ein.

Wie jedes Mal bei einer dieser Casting-Shows fragt er sich, ob es besser ist, sich in Richtung Zuhörer zu drehen oder zur Bühne. Die Reaktionen der Leute zu sehen, hilft ihm oft bei der Entscheidung, was den Zuschauern am meisten liegt. Verflixt noch amoi, schimpft er innerlich und rückt seinen Kopf ungestüm Richtung Publikum, doch der Sessel mit der hohen Lehne behindert seine Sicht. Um die Resonanz trotzdem mitzubekommen, bleibt ihm nichts anderes übrig, als aufzustehen. Na, das kann ja heiter werden. Schorschi als Hüpfdohle.

Die Musikgruppe im Hintergrund spielt die typische Erkennungsmelodie der Show, eine Mischung aus „Cafe-Music" und „Sing a Songwriter". Dann schwenkt der Beleuchter einen Spot gezielt auf die Tür, durch die sie eben selbst geschritten und mit tosendem Applaus empfangen worden sind. Sie öffnet sich, und die Moderatorin Babsy Schönsee erscheint auf der Bühne. Sie kündigt den ersten Protagonisten mit dem Namen „Emme Collen" an und stellt den Titel seiner Geschichte vor: „Damit sie auch morgen noch kraftvoll zubeißen können." Der Prota setzt sich auf den Barhocker vor das Mikrophon, schlägt sein Buch auf und liest.

Von Anja Ziegler und Sina Land

Damit sie auch morgen noch

kraftvoll ...

Auf leisen Sohlen

schlich ich durch das alte, unbewohnte Haus. Der Lichtkegel meiner Taschenlampe huschte über die Wände. Fahles Mondlicht sickerte durch die verschmutzten und teilweise eingeschlagenen Fenster. Erschrocken fuhr ich zusammen, als mich plötzlich finstere Augen unter buschigen Brauen anstarrten. Dann löste sich ein Kichern aus meiner Kehle.

„Das ist nur ein Porträt.", beruhigte ich mich selber.

Ich schlich weiter. Eigentlich war das hier eine dämliche Mutprobe. Jeder wusste doch, dass es keine Geister gab. Trotzdem vergewisserte ich mich, dass das Mitbringsel in meiner ledernen Explorer-Tasche an seinem Platz war.

Am Treppenaufgang angelangt, stieg ich die knarzenden Stufen hinauf. Mein Herz schlug bis zum Hals, denn immer wieder malte ich mir aus, wie die morschen Tritte unter mir brechen und mich ein Loch verschlucken würde. Doch ich erreichte den ersten Stock ohne Zwischenfälle.

Das Obergeschoss war ebenso leer, wie es das Erdgeschoss gewesen war. Unzählige Jugendliche, die vor uns diese Mutprobe bestehen mussten, hatten bereits alles geplündert, was von einem gewissen Wert gewesen war.

Emil von Freutenreuter war ein Entdecker der Kolonialzeit gewesen. Er hatte so einiges an interessanten Artefakten dem örtlichen Museum gespendet, und der Rest seines Hab und Guts war nach seinem Tod ebenfalls der Museumssammlung zugeschlagen worden.

Die Nachfahren hatten nicht lange überlebt. Seine Frau war aus dem ersten Stock in den Freitod gegangen, sein erstgeborener Sohn an den Pocken gestorben, und seine Enkelin, die zuletzt in diesem Haus gelebt hatte, war die Treppe heruntergefallen und hatte sich das Genick gebrochen. Seitdem stand die Villa leer und verfiel zusehends.

Trotzdem sah man ab und an Licht durch die Räume geistern, und in Grabeswalde, unserer Stadt, gab es immer wieder Berichte von jungen Frauen, die behaupteten, nachts von einem Gespenst heimgesucht worden zu sein. Als Beweis zeigten sie ihre blauen Flecken und Druckspuren. Es gab zahllose YouTube-Videos zu diesem Thema. Wie die meisten anderen Einwohner der Stadt hatte auch ich das als Blödsinn und Wichtigtuerei abgetan, bis Sabine, meine Freundin, mir eines Morgens ebenfalls solche Abdrücke zeigte. Da hatte es bei mir Klick gemacht.

Als mich dann die widerliche Mobber-Gang in der Schule zu dieser Mutprobe drängte, war meine Entscheidung gefallen.

Vorsichtig öffnete ich die Luke zum Dachboden. Verdammt! Ich hechtete zur Seite und entkam so eben noch der ungesicherten Leiter, die auf mich zuraste. Das war knapp. Mein Herz schlug bis zur Kehle. Ich schluckte.

Behutsam setzte ich einen Fuß auf die erste Sprosse. Sie hielt. Langsam kletterte ich nach oben und streckte den Kopf durch die Öffnung. Es war stockfinster. Ich ließ das Licht der Taschenlampe den Raum abtasten und stoppte, als ich einen mannsgroßen Überseekoffer erblickte. Bingo.

Aufmerksam näherte ich mich dem Gebilde und wollte gerade den Deckel anheben, als ein Schwall eiskalter Luft meinen Rücken traf. Ich wandte mich langsam um und blickte direkt in ein paar blutunterlaufene Augen, die in eingefallenen Höhlen eines alten, runzligen Gesichts glommen.

„Waf willft du hier?", nuschelte die bleiche
Kreatur, deren Körper mit Sicherheit seit Jahr-
zehnten kein Sonnenlicht mehr gesehen hatte.

„Einen Tauschhandel mit dir abschließen und
unsere Ehre wiederherstellen.", gab ich trocken
zurück und sah, wie die Gestalt die Augenbrauen
in die Höhe riss, die denen auf dem Porträt im
Erdgeschoss enorm ähnlich waren.

„Einen Taufhandel?"

„Einen TauSCHha … Ach, lassen wir das. Ja, ich
will mit dir tauschen." Ich deutete auf eine kleinere
Kiste in der Ecke des Dachbodens. „Ich nehme an,
dass da die Zeltausrüstung deiner Expeditionen
drin ist?"

Die Erscheinung nickte, offensichtlich darum
bemüht, so wenig wie möglich zu sprechen.

„Gut. Die will ich haben."

„Und waf bekomme ich dafür?" Das Gesicht
der Kreatur kam mir nun unangenehm nah. Ich
griff in meine Tasche und zog eine Kunststoffbox
hervor. Ein leichter Druck seitlich ließ den Deckel
aufschnappen und ein Gebiss kam zum Vorschein –
eines mit äußerst scharfen und verlängerten
Eckzähnen.

„Du bekommst dieses Gebiss im Tausch gegen
das Zelt und den Schwur, dass du diese Liste zuvor
abarbeitest." Ich reichte Emil, um den es sich

zweifelsfrei handelte, einen Zettel mit den Mitgliedern der Mobber-Gang. „Und von meiner Familie und insbesondere meiner Freundin hältst du dich fern!"

„Deal", bestätigte Emil unsere Vereinbarung und schnappte sich das Gebiss. „Aber inwiefern stellt das deine Ehre wieder her?"

„Meine Familie und ich sind selbst Vampire, wenn auch etwas modernere mit mutierten Genen, und einer Sonnenlichtresistenz. Es ist ja nicht mit anzusehen, wie du die armen Mädchen anlutschst, weil es dir an Zähnen fehlt. Daher die neuen Beißerchen. Morgen fahren meine Familie, meine Freundin und ich in den Sommerurlaub zum Zelten. Viel Zeit für dich, um das da abzuarbeiten." Ich zwinkerte ihm zu und deutete auf die Liste.

Er grinste zurück, und das Mondlicht funkelte auf seinen neuen Eckzähnen.

„Es wird mir ein Vergnügen sein. Soll ich sie langsam …?"

„Nein, nein, ›auf EX‹ ist völlig okay", feixte ich gehässig.

Von Guido Ewert

Kartenziehen

Das Fernsehteam

hat im Hintergrund ein Bild von einem Vampir ohne Zähne an die Leinwand projiziert. Boy Schorsch schmunzelt. Das ist eine Geschichte nach seinem Geschmack. Er verdreht seinen Körper wie eine Schlange und schaut in das Beifall klatschende Publikum. Er wird hier nicht den hüpfenden Kaspar mimen. In einer Ecke sieht er Leute mit künstlichen Vampirzähnen, offenbar eine Fanrunde von Emme Collen. Sie johlen und werfen in einer La-Ola-Welle ihre Hände in die Luft. „Go for it", grölen sie.

Schorsch dreht sich zur Bühne zurück und zeigt dem Protagonisten einen Daumen nach oben. Dieser klappt sein Buch zu, rutscht von seinem Barhocker und verbeugt sich mit strahlendem Gesichtsausdruck.

„Na, did nenn ick mal nen Einstieg!", hört er von Nella. Sie zeigt ihm ebenfalls einen hochgereckten Daumen, der von ihren langen Primlblümchen-Ärmeln umspielt wird.

„Well done", sagt Dieter und rückt sich sein Jackett zurecht. Sein offener Hemdkragen zeigt einen kahlrasierten Brustausschnitt, als wäre er nicht im besten Alter, sondern eben erst zwanzig.

Die Moderatorin Babsy Schönsee erscheint erneut auf der Bühne und gibt ihnen das ausgemachte Zeichen zur Bewertung. Sofort verklingt jegliches Gemurmel unter den Zuschauern, ein Spott wird auf sie drei gerichtet. Schorsch hasst es, wenn ihn dieses Lichtergefunkel aus den Gedanken reißt und seine Konzentration stört. Er zupft sein kariertes Taschentuch aus der Lederhose, wischt sich damit über die Stirn und schaut auf die vor ihm stehende Schachtel mit Fächern von eins bis zehn. Darin stecken ihre Karten für die Bewertung mit den entsprechenden Punktzahlen.

„Also, für mich ist die Sache klar", sagt Nella und zieht aus ihrer Schachtel eine hohe Punktzahl hervor. Das Publikum jubelt, die Truppe mit den Vampirzähnen klappert mit denselben.

„Da kann ich mich nur anschließen", pflichtet Schorsch ihr bei und hält ebenfalls eine Karte mit einer hohen Wertung in die Kamera.

Die Zuschauer flippen aus.

„Moment mal, so einfach kann ich das nicht durchgehen lassen", wirft sich Dieter dazwischen. „Wo war denn da die Zuckerschnecke? Die hat eindeutig gefehlt. Ein Vampir ist sicher auch einsam."

Aus dem Publikum ertönen Pfiffe, die offenbar besagen, dass dieses Argument vollkommen aus der Luft gegriffen ist. Daraufhin verzieht Dieter das Gesicht zu einem verschmitzten Grinsen, greift in eines der Fächer und hält die Höchstzahl in die Runde.

Boy Schorsch klatscht sich auf seine lederbehosten Oberschenkel, springt nach vorne, läuft auf den Protagonisten zu, drückt ihn an seine breite Brust und sagt: „Des hascht guad gmacht. Auf in die nächste Runde."

Als er zu seinem Platz zurücktänzelt, weiten sich Nellas Augen wie beim Aufblasen eines Luftballons.

Dieter kichert. „Wenn du nich` supergut aufpasst", hört er Dieter sagen, „dann springen dir gleich die Glubscher raus wie bei so einen Gummiding zum Knautschen. Sach mal, hast du einen Wechseljahresanfall?" Mit besorgtem Blick greift er nach einem Erfrischungstuch, das ebenfalls neben dem Kästchen mit den Karten steht, und hält es ihr entgegen.

„Danke, is` nett, aber guckt euch das mal an …"

Schorschs Blick schnellt in Richtung Wand, wo das All zu bestaunen ist. Ist dieser Grünling, der eben die Bühne betritt, etwa ein Astronaut?

Von Anja Ziegler und Sina Land

Berechnend

Olivia Hills,

die Produzentin einer Science-Fiction-Serie, reibt sich nachdenklich über die Schläfen. Sie ist auf der Suche nach einem neuen Autor für ihr Drehbuch und sitzt in ihrem Büro einem unangekündigten Bewerber gegenüber. Er kommt ihr reichlich verschroben vor. Das Einzige, was ihr an ihm normal erscheint, ist seine Kleidung. Seine Mimik und die Erzählung eben lässt sie dagegen an seinem Verstand zweifeln. Zumindest konnte er sich ausweisen.

„Interessant, Mr. Green", sagt sie deshalb, schaut dabei auf die ID-Card in ihren Händen und vergleicht das Bild mit dem Geschöpf, das vor ihr sitzt. „Ihre Geschichte über die Reise aus einer anderen Galaxie zur Erde und dass sie jetzt vor unserem Filmstudio zelten, klingt ja … schon interessant. Allerdings macht mir Ihr breites Grinsen ein wenig … Angst!"

Vor ihr hebt Mr. Green beschwichtigend die grünlich wirkenden Hände und zeigt auf sein Gebiss. „Glauben Sie mir, ohne diese Zähne würde ich noch gruseliger aussehen! Für das Essen an Bord meines Raumgleiters brauche ich keine Beißerchen. Ich habe dieses in einem scheinbar verlassenen Zelt in den bewaldeten Hügeln am Rande der Stadt gefunden. Ganz in der Nähe der Stelle, an der mich meine Leute abgesetzt haben. Meine Klamotten waren nicht passend für ein Bewerbungsgespräch als Drehbuchautor, und da ich heute Morgen gleich als Erstes bei Ihnen sein wollte, habe ich auch noch das Zelt mitgenommen." Ohne eine Miene zu verziehen, schaut er Olivia mit durchdringendem Blick direkt in die Augen.

Die sonst selbstbewusste Produzentin schluckt irritiert und fragt sich, ob der Bewerber ihr eben den Inhalt des Drehbuches für ihre neue Serie erzählt. Sie zwingt sich zu einem unerschrockenen Lächeln. „Okay, wir melden uns bei Ihnen."

Daraufhin verlässt der Autor mit ausladenden Schritten ihr Büro, und sie blättert in der L.A. Times, um sich von diesem seltsamen Gespräch abzulenken. Beim Lesen der Überschrift hält sie für einen Moment die Luft an.

„Verstörter Wanderer in Hollywood Hills gefunden! Der Rentner erzählt, ein Außerirdischer habe ihm Zelt, Gebiss und Kleidung geklaut, aber zum Glück für die kalte Nacht dessen Raumanzug und Astronautennahrung dagelassen."

Von Marco Plate

Einschaltquoten

Dieter klatscht

Beifall, als die Moderatorin Babsy erneut die Bühne betritt. Kryptisch unterdrückt er ein „sich über den Mund lecken". Bei der gefragten Showmasterin und ihren überdimensional langen Beinen, die nicht nur jeder Fernsehzuschauer kennt, ist ihm sofort danach, mit ihr ein weiteres Schäferstündchen zu verbringen. So wie nach der Show in Helsinki.

„Wow, was eine Geschichte, liebster Mr. Green", sagt sie, und ihr Strahlen verpasst ihm sofort Bilder dieser heißen Nacht.

Er hat Mühe, nicht auf die Bühne zu rennen.

„Wollen Sie uns nicht noch ein wenig Informationen zu Ihrer Herkunft geben?" Babsy breitet ihre Arme aus, als hebe sie ab und fliege durch das All. „Oder nehmen Sie uns mit auf Ihren Planeten?"

Das Publikum jubelt und deutet ein gemeinschaftliches Schweben an. Die Kamera schwenkt bei dieser Choreographie über die Zuschauer hinweg, was einem Gleiten durch das All extrem nahekommt. Der Astronaut grinst und zeigt dabei sein Gebiss, er scheint überrascht zu sein, über so viel Unterstützung seiner Geschichte.

Boy Schorsch deutet zu ihm nach vorne. „Das hättest jetzt nicht gedacht, oder?"

Mr. Green lacht und nickt bestätigend.

Nella richtet sich auf. „Also, ick finde die Geschichte richtig jut, aaaber", sie macht eine Kunstpause und hebt lehrerinnenhaft den Zeigefinger, „warum heißt die Geschichte ‚Berechnend'? Und wo ist da der Tausch?"

„Des ist doch ganz einfach", sagt Boy Schorsch. Die tauschen Zelt und Gebiss gegen Raumanzug und Astronautennahrung. Wo ist das Problem?"

Dieter frotzelt. „Wo bist du gerade gewesen? Auf dem Klo?" Er denkt dabei an die Einschaltquoten. Solch ein Geplänkel hat bisher noch jede in die Höhe getrieben. Wer schaut schon eine Sendung, in der nicht gestritten wird.

Nella schnappt nach Luft. „Also, ich finde das nicht so eindeutig."

Dieter bläst die Wangen auf. „Du musst besser zuhören, das haben sie dir gewiss schon in der Schule beigebracht." Nach Beifall heischend schaut er zu Schorschi, doch der zuckt nur mit den Schultern.

Babsy Schönsee beruhigt die Gemüter. „Nur nichts überstürzen. Ihr müsst euch nur auf einen Joker einigen. So gewinnt ihr Zeit und könnt die Entscheidung auf später vertagen." Aufmunternd schaut sie erst zur Jury und dann zum Publikum, das sofort lautstark applaudiert. Schilder mit dem GAMBIO-Logo werden hochgehalten.

Damit wandert die Geschichte in die Jokerbox, und der nächste Protagonist wird von Babsy auf die Bühne geholt.

„Hui, das wird was Besonderes." Nella setzt sich kerzengerade auf, als ein Mann den Barhocker besteigt. „Den kenne ich doch. Is ded nich ener von den Autor:innen dieser GAMBIO-Buchreihe? Dieser … na … sag schon … Ein Protagonist, der gleichzeitig Schreiberling ist. Interessant …"

„Darf ich vorstellen", trällert Babsy? „Autor Gerd Schäfer!"

Von Anja Ziegler und Sina Land

Tauschgeplänkel

GAMBIO ...

immer wieder Gambio! Tauscht dieses, tauscht jenes …

Das Grundkonzept dahinter ist ja nett, und ich habe selbst schon einige Tauschgeschichten geschrieben. Ich tauschte ein altes Buch, eine Münze und obendrein Tanzschuhe. Schnell entwickeln sich lustige oder emotionale Ideen, die man in eine Story packt.

Aber jetzt mal ehrlich! Ein Gebiss und ein Zelt gegen irgendetwas eintauschen? Das ist doch der mit Abstand größte Blödsinn, den ich jemals gehört habe. Wer kommt nur auf solch einen Quatsch? Und um diese Idee ein für alle Mal als schwachsinnig abzustempeln, werde ich heute beweisen, dass ein derartiger Tausch an den Haaren herbeigezogen ist und an jeglicher Realität vorbeischrammt. Aus diesem Grund habe ich mir das vergilbte Zelt – seit fünfzehn Jahren originalverpackt – aus dem Keller geholt und mir die alten Beißer meines verstorbenen Großvaters – Gott habe ihn selig - aus Omas Erinnerungskiste gemopst. So bin ich los zum Marktplatz, auf dem heute ein Flohmarkt stattfindet.

Mir ist bewusst, dass ein Trödelmarkt grundsätzlich nicht zum Tauschen angedacht ist, aber wenn es verrückte Menschen gibt, die ein Zelt UND ein Gebiss brauchen, dann hier. Um das sonderbare Anliegen deutlich kundzutun, habe ich mir Mühe gegeben und ein großes Pappschild gemalt. Zusätzlich zu den Tauschutensilien ist mein Rucksack mit ausreichend Proviant für einen langen und öden Nachmittag gefüllt.

Erst baue ich Zelt und Gebiss werbewirksam im Zentrum des Marktes auf und recke das Schild in die Höhe. Dann gönne ich mir ein Leberwurstbrot. Der Beweis des Nichtgelingens wird nicht daran scheitern, dass ich mit knurrendem Magen aufgebe und stattdessen die nächste Bratwurstbude aufsuche. Immer wieder schüttle ich meinen Kopf und rolle mit den Augen wegen dieser dämlichen Tauschidee.

Kaum habe ich ordentlich abgebissen, als ein pickliger Teenager mit strahlendem Ausdruck auf mich zu gerannt kommt. „Ist das ein echtes Gebiss?", ruft er schon von weitem. „Und das Zelt gibt es auch dazu?"

Ich nicke verdattert, als er vor Freude in die Luft springt. „Wie geil ist das denn? Am Wochenende gehe ich als Vampir zum Horror-Festival. Mit einem echten Gebiss bin ich der Dracula unter den Blutsaugern! Und ein Zelt brauche ich sowieso noch." Aus seinem Beutel zieht er einen riesigen Brokkoli. „Viel zum Tauschen hab ich nicht. Nur das Grünzeug hier und einen halb verbrauchten Labello."

Mit großen Augen starre ich den Bekloppten an. Der verarscht mich, dessen bin ich mir sicher.

Ich suche nach den richtigen Worten, da quietscht es vor mir, und eine junge Frau legt mit ihrem Fahrrad eine Vollbremsung hin, dass ihr kleiner Anhänger fast kippt. „Ist nicht dein Ernst? Du willst das Zelt und das Gebiss loswerden? So viel Glück kann man doch nicht haben!" Voller Begeisterung springt sie von ihrem Sattel. „Seit Jahren will ich meine Oma hereinlegen und ihr ein falsches Gebiss unterjubeln." Sie grinst breit. „Und glaub mir, wenn ich das mache, brauche ich mich die nächsten Tage nicht zu Hause blicken lassen. Also zelte ich im Garten." Aus dem Fahrradanhänger zieht sie eine rostige Radkappe eines alten Opel Kadetts und ein mit Aufklebern übersätes Babytöpfchen. „Diese Schätze hier biete ich dir zum Tausch an."

„Hey!", beschwert sich der Teenie. „Ich war zuerst hier."

„Aber meine Tauschgegenstände sind viel besser!", erwidert die Frau angriffslustig. Und schon streiten sich die beiden wie Geschwister.

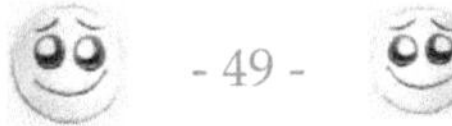

Ungläubig starre ich auf das Gebiss und frage mich, in welch einer verrückten Welt wir leben.

„Fertig gestritten?", höre ich eine mir bestens bekannte Stimme, die sich zu uns gesellt. „Es ist doch genug für alle da." Grinsend tritt meine Schwester dazu. In der Hand hält sie das Gebiss unserer ebenfalls verstorbenen Oma. Aus ihrem Rucksack ragt ihr eigenes altes Zelt. Sie schnappt sich das Töpfchen und reicht der jungen Frau die Zähne. Nachdem obendrein Radkappe und Campingutensil getauscht sind, klopft sie mir auf die Schulter. „Nimm du das Gemüse, ich hasse Brokkoli."

Liebe Juroren, liebes GAMBIO-Film-Team, an dieser Stelle bleibt mir nichts anderes übrig, als mich zerknirscht für die Zweifel zu entschuldigen. Asche auf mein Haupt. Statt die Unmöglichkeit eines solchen Tauschs zu beweisen, ist mir jetzt klar, dass man aus jeglichem Blödsinn eine Geschichte zaubern kann. Und deshalb ziehe ich vor jeder Autorin und jedem Autor den Hut und wünsche jedem Zuschauer und jeder Zuschauerin eine vergnügliche Zeit mit den Tauschgeschichten.

Von Gerd Schäfer

Punktzahl

„**A**lso, ick 

weeß jetzt nüscht, ob dit Selbskritik sein soll, oder wa?"

Dieter rollt mit den Augen, offenbar wegen ihres erneuten dialektischen Ausbruchs.

„Na, ist dieser Text nun Eigengeiselung, oder was?" Nella reibt sich die Stirn.

„Nee, das ist gut, das ist sogar sehr gut", pariert Dieter. „Genau das is' es nämlich. Wir und die Leute vom GAMBIO-Team nehmen uns selbst auf den Arm und nicht immer so bierernst. Das ist die Botschaft. Ich finde den Text prima. Von mir kriegt der die volle Punktzahl." Zufrieden lässt sich Dieter in seinen Sessel zurückfallen.

Boy Schorsch grinst, zeigt einen Daumen nach oben und klemmt seine Finger hinter die Hosen-träger.

Nella hebt beide Hände. „Okay, okay, ist ja gut. So gesehen kann ich damit leben."

„Du bist punktemäßig eh überstimmt", sagt Dieter lachend und bewegt die Handkante zackig über seinen Hals, als wolle er seine Kollegin eliminieren.

Ein Raunen tönt durch das Publikum.

Innerlich sieht Dieter die Einschaltquoten nach oben schnellen.

Nella schüttelt ihre Löckchen, als beträfe sie das nicht, zupft den Träger ihrer Latzhose zurecht und zieht in einer unnachahmlichen Nella-Geste eine Augenbraue hoch.

Seine Babsy moderiert derweil schon die nächste Tauschgeschichte an. „Oma Hildes Gebiss", trällert sie, und die Tür hinter ihr öffnet sich.

Von Anja Ziegler und Sina Land

Oma Hildes Gebiss

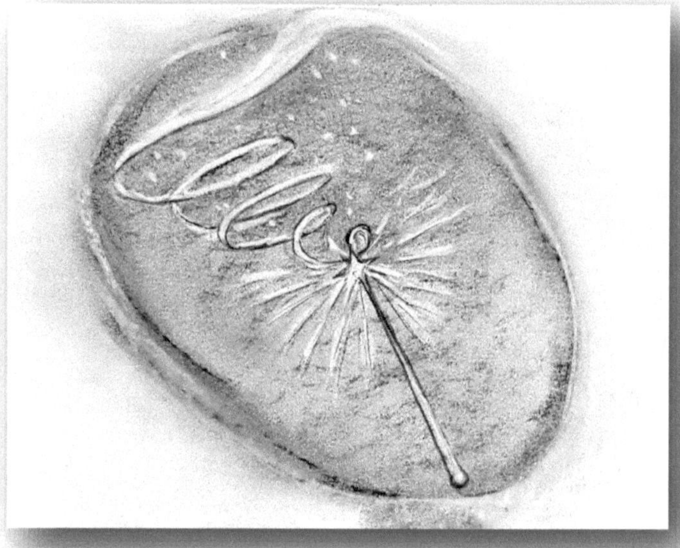

Gestern ging

Oma Hilde das Gebiss verloren
In der bunten Blumenwiese
lag es neben dem Zelt
Hat dort bei ihren Enkeln sich
einen feinen Platz auserkoren
Das ist für es eine so komplett
andere und neue Welt

Die Enkel hatten für ein Abenteuer
die Wiese verlassen
Da fragten die dritten Zähnchen
den Kumpel das Kinderzelt
Ich bekomme stets nur Grünzeug
und Marmelade zu beißen
Und sähe aber so gern mal die große,
weite Welt

Das Zelt stöhnt laut und piepst
im Ton einer Meise
Ach, müsste ich nicht ständig
durch die Wälder rauschen

Immer dieser Affenzirkus
und das nervige Gereise
Ach, könnten wir nur
unsere Rollen tauschen

Das Gebiss klappert
völlig aufgeregt und singt
Was können wir tun,
was müssen wir machen?
Ich frag mal Thomas,
das größere Enkelkind
Es hat einen Zauberstab
und lauter magische Sachen

Schnell beeilen sie sich,
einen Spruch aufzusagen
Ein Kichern, dann wird ein
kleines Feuerwerk entfacht
Statt das geräuschvolle
Kinderschnarchen zu ertragen
Taucht das Zelt in ein sprudelndes
Wasserbad und lacht

Das Gebiss ist dagegen vom Tausch
eher wenig überzeugt

Als Kinder es heftig und grob
mit den Schuhen treten
Und sich obendrein ein sabbernder
Hund über es beugt
Will es sofort um Grünzeug
und Marmelade beten

Von Sina Land

Bürschchen

Dieter bläst

die Wangen auf und schaut auf das schmale Bürschchen, das schulterhochziehend auf der Bühne steht und das Gesicht verzieht, als erwarte er, jeden Moment von einer Horde Löwen gefressen zu werden. „Das versteh` ich nicht." Er reibt sich über die Schläfen, als käme dadurch die weitreichende Erkenntnis. „Ein Gebiss kann doch nicht tauschen, nicht einmal den Mund, weil es doch ‚Maßanfertigung' ist." Er überartikuliert das letzte Wort als bräuchten die Leute im Publikum alle ein Hörgerät. „Und obendrein nicht mit einem Zelt." Irritiert betrachtet er den Protagonisten.

„Dieter, schau moi hea", Schorsch hält ihm über Nella hinweg seinen Mitschrieb vor die Nase und tippt eifrig auf die Zeile mit dem Zauberstab, „es handelt sich um Magie oder Fantasie." Er lacht ausgelassen und entblößt dabei seine strahlendweißen Zähne. „Im Land der Fantasie ist eben alles möglich, sogar ein Zelt im Wasserglas. I find des klasse." Er hält den Zettel mit der höchsten Punktzahl in die Kamera.

Jetzt liegt es an Nella. Wobei die keinen Hehl daraus macht, wie ihr das Gedicht gefällt. Sie steht auf,

watschelt auf die Bühne und umarmt das schmale Bürschchen. Das, was sie ihm dabei zuflüstert, verschluckt leider der Applaus.

Dieter kratzt sich am Brusthaar. Seltsam, dass ihm kein passender Spruch für die Einschaltquoten einfällt. Bis er überlegt, erscheinen im Hintergrund schon Herzen, die in unterschiedlichen Rosatönen über die Leinwand fliegen.

Schnell dreht er sich weg, hält sich die Hände vor die Augen und ist wieder top in Form. „Uih, nee, dieses Rosa, da kriege ich ja den rosa Star, nicht gut." Sein gespieltes Jammern kommt beim Teil des Publikums an, die offenbar nicht auf Liebesgeschichten stehen. Diese grölen, trommeln mit den Füßen, und pfeifen die Befürworter nieder.

„Genau, Lovestorys sind sowas von out", plärrt er dazwischen.

Anastasia, die von Babsy angekündigte Protagonistin, nimmt es gelassen. „Jede Aufmerksamkeit ist gute Aufmerksamkeit." Ihr Lachen übertönt Dieter.

Nella reißt ihre Arme hoch und jubelt gegen das Gepfeife an.

Schorsch lacht vergnügt.

„War ja klar, dass du auf das Zeug stehst, du Mädchen", frotzelt Dieter zu seinem Stuhl hinüber. „Die Zeitungen haben recht, wenn sie dich als schwul betiteln."

Sein Kollege verzieht genervt das Gesicht. Doch sicher denkt auch er an die Warnung der Filmleute. Je mehr Schlagzeilen, desto höher die Einschaltquoten. Und genau das kommt Dieter extrem gelegen. Nach seiner x-ten Scheidung braucht er endlich wieder volle Kassen.

Von Anja Ziegler und Sina Land

Brautschuhe

Ein lauer

Sommerabend. Ich kehrte mit meinem Mann in einem Restaurant ein. Wir saßen auf der Terrasse und beobachteten eine Hochzeitsgesellschaft. Die Gäste standen Spalier, und das Brautpaar schritt durch ein Meer von Seifenblasen. Es wurde gejubelt und geklatscht. Ich kam nicht umher, eine kleine Freudenträne zu verdrücken, als ich die strahlende Braut sah.

„Ach, wie schön", sagte ich mit einem Seufzer.

„Dich würde ich immer wieder heiraten", bemerkte mein Mann lächelnd, und ich warf ihm einen Handkuss zu.

„Ich dich auch, mein Schatz."

Ein paar Stunden später bezahlten wir und wollten gehen.

„Ich muss noch mal eben wohin", sagte ich, verschwand im Inneren des Restaurants und folgte den Schildern bis zu den Toiletten.

Im Vorraum bei den Waschbecken traf ich auf die Braut. Sie stand in ihrem bodenlangen, eleganten

Kleid mit dem Rücken zu mir und lächelte mich durch den Spiegel an.

„Herzlichen Glückwunsch", rief ich.

„Danke."

Ich verschwand auf der Toilette, und als ich wieder an die Waschbecken trat, stand sie immer noch dort.

„Alles in Ordnung?", fragte ich.

Sie seufzte und schüttelte den Kopf.

„Kann ich irgendwie helfen? Soll ich jemanden holen?"

„Ich beneide Sie um Ihre Schuhe", sagte sie und blickte hinab auf meine cremefarbenen Ballerinas.

„Oh."

„Gleich müssen wir tanzen, und ich bin eben schon umgeknickt. Eine Blase habe ich ebenso. Ich hätte vor der Hochzeit mehr mit den blöden Pumps laufen und üben sollen."

„Auweia, das tut mir leid. Könnte ich die Schuhe mal sehen?"

„Natürlich." Sie hob ihr Kleid an, und zum Vorschein kamen cremefarbene Pumps mit hohen Pfennigabsätzen. „Sie sind traumhaft schön, aber viel zu eng, viel zu klein und viel zu hoch", schimpfte sie.

„Was können wir tun?", überlegte ich fieberhaft.

„Wenn wir die gleiche Größe hätten, würde ich Sie glatt fragen, ob ich Ihre Schuhe ausleihen darf", bemerkte sie mit einem Grinsen.

„40", erwiderte ich schnell.

„Hab ich auch!

Wir lachten.

„Und … würden Sie das vielleicht machen?", fragte mich die Braut.

Ich überlegte eine Sekunde, und sie rieb sich voller Erwartung die Hände.

„Okay … lassen Sie uns die Schuhe tauschen!"

„Wirklich?"

Ich nickte.

„Wie toll", jubelte sie. „Vielen Dank. Sie retten meinen Abend. Meine Hochzeit. Mein Leben."

Ich war nun knappe zehn Zentimeter größer. Sie um dasselbe kleiner.

Die Pumps passten mir wie angegossen.

„Geht das so mit dem Kleid?" Skeptisch schaute sie runter zum Saum.

„Auf jeden Fall. Es ist nicht zu lang. Sie sehen perfekt aus."

„Danke. Super. Ach, wie toll ist es, dass wir uns hier begegnet sind."

Mit glasigen Augen schloss sie mich in die Arme.

„Nur nicht weinen", flüsterte ich ihr zu.

„Ja, ich gebe mir Mühe. Für ein neues Make-Up ist keine Zeit" Sie kicherte und prüfte ausführlich ihre geschminkte Augenpartie im Spiegel.

Wir tauschten Nummern aus und beschlossen, uns in den nächsten Tagen zu treffen, um die Schuhe zurückzutauschen. Ich wünschte ihr eine traumgleiche Hochzeit und sie mir einen schönen Abend.

Mein Mann war erstaunt, weil ich nun plötzlich ,gewachsen' war.

„Du tauscht mit einer Wildfremden die Schuhe?" Er blickte angewidert, als ich ihm die Geschichte erzählt hatte.

„Ich habe definitiv den besseren Tausch gemacht. Die Pumps waren sündhaft teuer, und ja, wir waren uns sofort sympathisch. Da macht man sowas."

„Aha. Hat man dafür nicht eine Trauzeugin?"

„Ach, Schatz, ich war halt am richtigen Ort zur richtigen Zeit."

Ein paar Tage später rief mich die Braut an.

Wir trafen uns, doch die Schuhe haben wir nie zurückgetauscht. Es entstand eine besondere Freundschaft.

Von Steffi Lofeldt

Berührung

Nach dieser

Geschichte ist es berührend still im Saal, einige im Publikum wischen sich verstohlen ein Tränchen aus dem Augenwinkel.

Spontan steht Schorsch auf und bietet Standing Ovations. „Kopfkino." Er applaudiert in Richtung Anastasia. „Vom Feinsten."

Nella gesellt sich zu ihm und schaut mit einem missbilligenden Blick zu Dieter hinüber, damit er es nicht wagt, diese herzenswarme Stimmung zu vernichten. Doch höre und staune, er nickt anerkennend, lässt sich sogar zu einer annehmbaren Bemerkung herab. „Das war wirklich doll, eigentlich sind Liebesgeschichten nicht so mein Ding, ich hab da privat schon genug Stress mit, aaaber …" Er hebt den Zeigefinger und beschwichtigt damit das loslachende Publikum. „Aaaber das hier war super." Er hebt sein Kärtchen.

Nella wundert sich über seine Nachgiebigkeit. Hat er sein Provokationsspielchen aufgegeben? Oder hat er Schmerzen in der Brust, weil er sich so vornüberbeugt? So handzahm vor der Kamera mutet er ihr äußerst seltsam an, dieser Einschaltquotenheischer. Sie schaut in nachdenklich an und

entdeckt Schweißperlen auf seiner Stirn. Doch sie kommt nicht dazu, ihn intensiver zu beobachten, da Anastasia auf der Bühne in die Luft springt und die Musik einen der herzzerschmelzenden Lovesongs anstimmt.

Kurz darauf kündigt Babsy einen weiteren Protagonisten an und positioniert sich vor der entsprechenden Tür. Sie öffnet sich erneut wie von Geisterhand. Alle starren erwartungsvoll auf den angekündigten Gast. Doch es tritt niemand über die Schwelle. Der Barhocker bleibt unbesetzt. Nella spürt eine unangenehme Unruhe in sich aufsteigen. Sofort leidet sie mit Babsy. Es ist furchtbar, wenn man als Moderatorin Lücken zu füllen und Pannen auszubügeln hat. Doch professionell, wie sie ist, sprudeln schon die passenden Worte aus ihr hervor, um den Leuten hinter den Kulissen ein wenig mehr Zeit zu verschaffen und das Publikum bei Laune zu halten. Der Kameramann schwenkt von Babsy weg und läuft auf Nella zu. Schnell bemüht sie sich um ein paar Gesten, die besagen, dass die Geschichten bisher alle top waren. In dem Moment bewegt sich etwas an der Tür, und sie ist von der laufenden Live-Kamera befreit. Erst atmet sie auf, doch dann stutzt sie. Dort, wo normalerweise ein Protagonist steht, sieht sie nur Madison Johnson mit ihren orangefarbenen im Bob geschnittenen Haaren. Sie gestikuliert mit den

Händen, was vermuten lässt, dass sie keine Ahnung hat, wo der Gesuchte abgeblieben ist.

Babsy bedeutet ihr wortlos, den Nächsten zu holen, und bittet das Publikum um ein wenig Geduld. „Offenbar hat es sich der Protagonist anders überlegt", sagt sie scherzhaft und deutet dann Richtung Juroren. „Vielleicht seid ihr ihm zu streng gewesen."

Dieter verzieht das Gesicht. Die Stirn leuchtet feucht zu Nella herüber. „Wer zartbesaitet ist, steigt besser nicht auf den Hocker. Wir sind hier nicht im Kindergarten und sitzen im Tröstekreis."

Nella schüttelt energisch den Kopf in seine Richtung und schnauft. Merkt er nicht, dass er übertreibt mit seinen Sticheleien. Oder hat er Fieber? Seine fahle Gesichtsfarbe fällt ihr auf.

Boy Schorsch hebt beschwichtigend die Hände. „Wir haben bisher keinen rausgeworfen. An uns liegts nicht!"

Babsy schaut auf ihren Anmoderationszettel. „Dann schauen wir mal, ob Renata bessere Nerven hat."

Kurz erscheint auf der Leinwand das Bild von einem Monster, doch dann switcht es sofort um zu einer Theaterbühne.

Von Anja Ziegler und Sina Land

Theatergold

„Opa Egon

beißt auf Gold", steht in großen Buchstaben über dem Eingang des Stadttheaters. Heute ist Weltpremiere.

Ich spiele in dieser Komödie Opa Egons Enkeltochter und bin extrem aufgeregt. Seit Stunden renne ich mit meinem Text in der Hand auf und ab. Ich scheine über Nacht alles vergessen zu haben. Zugegeben, ich mache alle Beteiligten des Ensembles verrückt.

„Das wird schon, Kleene", versucht Heinz mich aufzumuntern.

Er stiefelt im Gegensatz zu mir, völlig entspannt über die Bühne, überprüft die erste Kulisse des Stücks samt aller Requisiten vor dem großen Auftritt.

Doch plötzlich brüllt er los, und mir fällt just mein Text aus der Hand. Ich eile zu ihm. Fassungslos steht er vor einem kleinen Tischchen und starrt auf den leeren Teller. Sein Gesicht ist blass, und er fasst sich mit beiden Händen an den Kopf.

„O nein, o nein, o nein, …, brabbelt er unentwegt.

„Heinz, was ist los", frage ich in Sorge.

„Es ist weg", flüstert er.

„Was denn?"

„Das goldene Gebiss von Opa Egon." Ungläubig schüttelt er den Kopf.

„Wo hat es denn gelegen?"

„Hier auf dem Teller."

„Es kann doch nicht urplötzlich weg sein." Suchend schaue ich mich um, sehe auf dem Boden nach und unter dem Tisch.

„Liegt es etwa da?", fragt er schnippisch.

„Nein", antworte ich.

„Dann ist es weg." Er rauft sich die Resthaare.

„Liegt es vielleicht woanders?", komme ich ihm zu Hilfe.

„Nein, es liegt immer auf diesem Teller."

Er lässt den Kopf sinken, fängt wieder an „O nein, o nein, … ", zu brabbeln.

Ich schaue überall nach. Jeden Winkel der Bühne inspiziere ich. Nichts!

„Es hat bestimmt jemand geklaut", vermutet Heinz mit trauriger Miene.

„Wer sollte denn ein altes Plastikgebiss stehlen?"

„Die ganze Welt ist böse geworden", jammert Heinz melodramatisch. „Die klauen einem doch die Hose vom Hintern, wenn man nicht aufpasst."

„Ach, Heinz", versuche ich ihn zu besänftigen und sehe auf meine Uhr. „Pass auf, wir haben jetzt noch zwei Stunden Zeit, um ein neues Gebiss zu besorgen … oder haben wir eventuell hinten im Lager noch eins rumliegen?"

„Nein. Wir müssen die Vorstellung absagen", klagt er und lässt sich auf das Sofa neben dem kleinen Tischchen fallen. „Aus und vorbei", beklagt er sich. „All die Arbeit war umsonst."

Heinz lasse ich allein, ich kenne ihn. Er redet sich jetzt in Rage. Dabei geht uns wichtige Zeit verloren. Wo könnte ich ein Gebiss herbekommen? Die Geschäfte sind bereits geschlossen. Einfach eins zu kaufen, fällt aus.

Hinter der Bühne hänge ich mich ans Telefon, rufe meinen Bruder an. Mir kommt da eine Idee. Hoffentlich erreiche ich ihn noch zu Hause. Er plante, heute mit seinen Söhnen und dem Wohnwagen, auf den Campingplatz zu fahren.

„Hallo, Brüderchen", begrüße ich ihn als er endlich abhebt.

„Was ist?", knurrt er ins Telefon.

„Na, du hast ja beste Laune."

„Ja, der Camper ist kaputt. Der letzte Regen hat ihn endgültig geschrottet, überall steht das Wasser im Innenraum."

„Mist."

„Das kannst du laut sagen", jammert er.

„Und nun?", frage ich ungeduldig. Mein eigenes Problem brennt mir unter den Fingernägeln. Doch wenn er so mürrisch drauf ist, wird er mir kaum helfen. Ich kenne ihn zu gut.

„Keine Ahnung", mault er ins Telefon, „hast du vielleicht irgendwo einen Wohnwagen rumstehen?"

„Witzig, Knut, meine komplette Wohnung ist kleiner als dein Haus auf Rädern. Ich bin so arm, dass mein Kühlschrank überlegt zu kündigen, weil nie was drinsteht. Aber ich habe auf jeden Fall noch einen Camper rumstehen." Die Ironie trieft nur so aus meinen Sätzen.

„Also bekomme ich keine Hilfe von dir. War ja klar!", frotzelt er. „Und was wolltest du von mir?"

„Lieb, dass du fragst. Hast du das Gebiss von Oma Elsa noch? Ich brauche es."

Er prustet los: „Hast du deine Zähne verkauft?"

„So witzig, Knut."

„Es liegt auf dem Dachboden. Sind dir deine denn rausgefallen?"

„Ich kann nicht mehr vor Lachen", erwidere ich angestrengt. „Kann ich es haben?"

„Hol es dir doch ab", schlägt er vor.

„Kannst du es mir schnell bringen? Ins Theater? Mir läuft die Zeit davon! Und habt ihr einen Goldstift?"

„Noch was? Vielleicht ein 5-Gänge-Menü? Spinnst du?"

„Bitte, Knut. Es ist voll wichtig. Ich benötige das für die Premiere heute. Das Gebiss muss komplett golden sein. Vielleicht können deine Jungs es ja anmalen."

„Omas Gebiss? Meine Söhne sollen es goldfarben anmalen?" Er ist entsetzt. „Verstehe ich das richtig, verrücktes Schwesterherz?"

„Ja."

„Geschmacklos."

„Ich weiß", jammere ich seufzend. „Bitte, Knut."

Sein genervtes Stöhnen ist zu hören.

„In Ordnung", lenkt er ein. „Ich guck mal, ob ich es auf die Schnelle finde. Ich melde mich gleich."

„Okay, danke. Das ist echt lieb. Du hast was gut bei mir."

„Ich weiß."

Ich lege auf. Mein Herz klopft wild. Nach dem Telefonat fühle ich mich wie nach einem Marathon. Ob das mit dem goldenen Gebiss klappen wird?

Ich mache mich auf die Suche nach Heinz. Er sitzt noch immer auf dem Sofa auf der Bühne und starrt in den leeren Zuschauerraum. Als er mich sieht, steht er auf. „Wir müssen alles absagen", ruft er mir niedergeschlagen entgegen.

„So, du bist jetzt mal still", bitte ich ihn. „Ich habe vielleicht eins organisiert."

„Ein was?"

„Ein Gebiss. Was sonst?" Ich hebe genervt die Arme.

„Woher?"

„Mein Bruder hilft uns."

„Ach was, und braucht der das nicht selbst?", knurrt Heinz.

„Es ist von unserer Oma."

Seine Augenbraue rutscht nach oben. „Braucht die das nicht?"

„Die ist schon tot!"

„Ach so." Das scheint ihn zu beruhigen.

„Mein Bruder meldet sich gleich bei mir. Er sucht es gerade."

„Gut … gut … dann warten wir noch."

Heinz geht auf der Bühne auf und ab. Ich beobachte ihn und habe das Gefühl, dass er gleich durchdreht. Ich muss ihn irgendwie ablenken.

„Stell dir vor", fange ich an zu erzählen, „mein Bruder und seine Kids wollten eigentlich dieses Wochenende campen."

„Ach was", sagt er. „Warum nur eigentlich?"

„Es klappt nun nicht mehr. Der Wohnwagen ist mit Wasser vollgelaufen. Er fragt ausgerechnet mich, ob ich einen Camper für ihn habe."

Heinz und ich, wir lachen gemeinsam.

„Wenn du einen Camper hast, wieso wohnst du dann in diesem Mauseloch?", fragt er und amüsiert sich köstlich über seinen Witz.

„Wenn ich das nur wüsste." Ich zucke mit den Achseln und lache mit.

„Er ist schon eine Marke, dein Bruder. Ein lustiger Geselle."

„Ja, das ist er."
Heinz runzelt jäh die Stirn. Irgendwas geht ihm durch den Kopf.

„Was denn?"

„Wenn die immer noch campen wollen", überlegt er. „Ich habe ein Zelt zu Hause. Das kann er haben. Wenn er unsere Premiere rettet, dann gebe ich ihm das mit Kusshand."

„Echt? Wo hast du das?" Mein Magen kribbelt vor Aufregung.

„Bei mir zu Hause in der Garage. Ich sage meiner Frau Bescheid, dass sie es schon mal heraussucht. Kann er sich holen."

„Ich frag ihn gleich, wenn er anruft. Das wäre perfekt."

Eine halbe Stunde später bin ich superglücklich.

Mein Bruder ist unterwegs zum Theater. Seine beiden Jungs sitzen auf dem Rücksitz des Autos, pinseln vergnügt Omas altes Gebiss mit einem Goldstift an. Im Kofferraum liegen ihre gepackten Sachen. Ihr Ausflug ist gerettet. Das Zelt holen sie anschließend bei der Frau von Heinz ab.
Ebenso steht fest: Unsere Premiere findet statt.
Fünf Minuten bevor der Vorhang aufgeht, liegt das goldene Gebiss von Opa Egon wieder auf dem angestammten Platz - dem Teller auf dem Tischchen.
„Opa Egon beißt auf Gold" kann beginnen.

Mit einem tosenden Beifall öffnet sich der Vorhang.

Von Steffi Lofeldt

Cola light

 Boy Schorsch

zupft sein Taschentuch aus der Lederhose und wischt sich über die Stirn. Warm ist es unter den Scheinwerfern. Ein Wasser wäre jetzt recht und nicht bloß so ein pappiges Cola. Obendrein light! Das hält doch kaum ein Magen aus. Der Dieter krümmt sich schon andauernd. Kein Wunder, bei solchen Mengen Süßstoff wird bald einer von ihnen ein Diabetesbesteck brauchen. Mit dem Tuch winkt er dem Live-Kameramann zu, öffnet seinen Mund und deutet in den Schlund hinein. Dieser scheint zu verstehen und schickt einen der Laufburschen zu ihm, der sich hier um ihr Wohl kümmert und hinter den Kulissen darauf achtet, dass sich keiner verläuft oder versehentlich im falschen Studio landet. Doch im Moment scheint sich niemand zuständig zu fühlen. So winkt der Kameramann ab und bringt ihm kurzerhand selbst das Wasserglas, das ihm jemand in die Hand drückt und gleich wieder von dannen rennt. Schorsch bedankt sich bei dem Mann mit einem Nicken und setzt gierig an zu Trinken, da reißt ihm Dieter das Glas aus der Hand.

„Wenn ich noch mehr Cola saufen muss, pappt mir die Zunge am Gaumen fest." Mit einem Zischen

verleibt er sich das Wasser ein und drückt ihm das leere Glas mit einem „*Ahhh*", in die Hand zurück.

„Mann, Didilein! Des is jetzt ned dein Ernst. I hab genauso an durscht wia du."

Erneut winkt er dem Kameramann. Verdutzt schaut er auf jemanden, der vollkommen anders aussieht als derjenige, der sich eben um ihn gekümmert hat. Ist das nicht der Chefbeleuchter? Er zieht die Stirn in Falten und schüttelt den Kopf. Das ist hier ein Kommen und Gehen. Bis er es schafft, sich weiter bemerkbar zu machen, kündigt Babsy schon die nächste Protagonistin Tina an, und er vertagt das Stillen seines Durstes auf eine Runde später. Eine lässig gekleidete Frau betritt die Bühne. Sie sieht aus, als käme sie direkt von einem Rockkonzert.

Von Anja Ziegler und Sina Land

Ravioliansichten

„**G**eh doch

mal mit", sagte Tina, meine neue Flamme. „Auf dem Open Air ist eine Stimmung, das glaubst du nicht." Mit leuchtenden Augen trällerte sie in ihrem weichen Sopran. „I can feel it coming in the air tonight, oh Lord …" Ihre Begeisterungsfähigkeit war ansteckend. Drei Tage Rock am Parkring, Wurfzelt und Dosenravioli, so viel ich essen kann. Hätte einer meiner Kumpels mir so ein Wochenende in Aussicht gestellt, wäre mir lediglich ein abfälliges *„Pah"* rausgerutscht. Bei Tina dachte ich jedoch nur an die drei Tage im Zelt mit dem heißesten Mädchen aller Zeiten. Ich Trottel sagte aus lauter Verliebtheit euphorisch zu.

Der Regen und die Menge an Menschen hätten mir nichts ausgemacht. Aber als sie ihren Ex, den „starken Sven" dort traf, fand ich die Sache nicht mehr lustig. Und als sie dann mit ihm Dosenravioli gegen sein billiges Bier tauschte, wuchs mein Groll. Die Entscheidung, Sven anzupöbeln, erwies sich als miserabel, denn seine Vorfahren scheinen echte Wikinger gewesen zu sein.

Als ich am Boden lag, beugte sich Tina zu mir, und einen Moment lang war ich der Überzeugung,

dass sie vorhatte, mich zu trösten. Sie murmelte etwas wie: „O Gott, is` mir schlecht." Sofort erbrach sie mindestens zwei Dosen Ravioli über mein T-Shirt. „And I`ve been waiting for this moment, for all my life, oh Lord!"

Von Anja Ziegler

Magenverstimmung

Nella schaut

verstohlen zu Dieter. Der schmunzelt, als wieherndes Lachen im Publikum aufkeimt. Sie erahnt, was er denkt. Kotzszenen kommen immer an, vor allem wenn man nicht selbst betroffen ist. Gleich werden sie in der Werbepause ein Mittel gegen Übelkeit und Erbrechen anpreisen. Vor ihrem geistigen Auge sieht sie das Wort „Einschaltquoten" in Dieters Gehirnwindungen aufblitzen. Was für ein Widerling er doch im Rampenlicht ist, und hinter der Bühne lässt er sich von seiner Exfrau das Geld aus der Nase ziehen.

Die Protagonistin Tina sagt trocken: „Das ist wie fremdekeln, jeder macht ‚Uaah', lacht dann aber doch."

Schorsch klopft sich auf die Schenkel. „Supa Geschicht, mir gefällt des, is so aus dem Leben erzählt, ganz klar, wie viel Punkte ich da geb."

Nella wischt ihre Gedanken über Dieter beiseite und lacht mit. „Finde ich auch", sagt sie, und ihre Prilblümchen auf dem Shirt wackeln.

Dann sprengt Dieter die illustre Runde, springt auf, zieht schnell eine Karte, hebt sie ins Publikum, rennt wortlos raus und hinter die Kulissen.

Schorsch zieht die Augenbrauen hoch. „Ich glaub`, der geht zum Sch-schwimmen." Damit hat er die Leute auf seiner Seite.

Aus dem Off stöckelt Babsy Schönsee ins Scheinwerferlicht. „Na, bei uns läuft es doch bestens, im wahrsten Sinne des Wortes. Zuerst die verdauten Ravioli, dann ein kurzer Home Run." Wieder Lacher aus dem Publikum.

Nella nickt anerkennend. Die Babsy ist professionell.

„Keine Sorge, natürlich kümmern wir uns um unser Team. Hinter der Bühne wird gecheckt, ob es dem Dieter gut geht." Im Moment, als sie den Satz beendet, tritt er, ein wenig blas um die Nase, durch die Polstertür. Die Band reagiert geistesgegenwärtig und spielt den Eingangstusch. Nella findet, dass er wirklich angeschlagen aussieht.

Der überspielt es, hebt euphorisch die Hände, springt übertrieben dynamisch an seinen Platz zurück und singt ins Publikum: „I can feel it coming in the air tonight …"

„Wow." Nellas Augen weiten sich. „Ick hab ja schon viel jesehen, aba dit is jetzt schon …". Ob er das extra inszeniert hat? Oder hat er zu viel Sorbitol im Cola erwischt?

„Megageil", posaunt Dieter heraus.

Nella zieht die Augenbrauen hoch. Doch nur Theater?

„Des hast jetzt davon", ruft ihm Schorsch zu. „Alles nur, weil du mir des Wasser aus der Hand gerissen hast! Die Strafe folgt auf dem Fuß."

Dieter winkt ab, ignoriert sie beide, und Nella konzentriert sich wieder auf die Bühne. Dort hat sich ein gewisser „Anonymus" platziert. Im Hintergrund wird eine düstere Inferno-Szene auf die Leinwand projiziert.

Von Anja Ziegler und Sina Land

Die Schreibmaschine

Verdammt.

Der Schweiß stand auf meiner Stirn, als ich das Haus meiner Freunde erreichte. Sechs Wochen war es her, dass ich es zuletzt betreten hatte, und jetzt war alles komplett leergeräumt. Zum Haareraufen! All die Arbeit und das Risiko umsonst.

Fassungslos rannte ich durch die leeren Zimmer und dann wieder nach draußen. Verzweifelt sah ich mich um. Das durfte nicht wahr sein.

Eine Nachbarin saß auf ihrer Veranda, schlürfte einen Drink und beobachtete entspannt, wie ihr Mähroboter den Rasen stutzte.

„Entschuldigen Sie. Können Sie mir sagen, wo die Familie ist, die hier gewohnt hat?", bat ich die Alte, die mich misstrauisch ansah, um Hilfe.

„Warum wollen Sie das denn wissen?"

„Hier wohnten Freunde von mir."

Sie winkte ihn näher zu sich heran. „Dann passen Sie gut auf sich auf. Die sind plötzlich über Nacht verschwunden. Man munkelt, dass der Sicherheitsdienst sie einkassiert hat."

Mist. Das war so ziemlich das schlimmste Szenario, das ich mir vorstellen konnte.

„Aber warum?", wagte ich zu fragen.

„Der Vater hat sich negativ über die KI geäußert. Das hat sie wohl persönlich genommen, oder vielmehr ihr Erfinder. Professor Schreick."
„Mein Gott, wie furchtbar", kommentierte ich. „Aber damit haben doch seine Frau und Kinder nichts zu tun."
„Das hab ich auch gesagt, doch der Polizist hat daraufhin gleich eine Anfrage gestellt, ob man mich ebenfalls mitnehmen soll. Da hab ich lieber die Klappe gehalten." Sie seufzte.
„Und was ist mit ihrem Besitz passiert?", fragte ich vorsichtig und deutete auf das leer geräumte Haus. Die Alte zuckte mit den Achseln.
„Gebrauchtmarkt, gleich um die Ecke. Die Typen kamen sofort im Anschluss und haben alles mitgenommen. Widerliche Aasgeier."
„Da gebe ich Ihnen recht. Danke für die Auskunft. Ich werde dort vorbeischauen. Vielleicht wissen die, wohin meine Freunde gebracht wurden", sagte ich und verabschiedete mich.
Sie winkte mir zum Abschied. „Seien Sie vorsichtig. Kann man heutzutage nie genug sein."

Ich erreichte den Gebrauchtmarkt innerhalb weniger Minuten und sah mich um. Hier gab es alles, was das Herz begehrt. Vom Smartphone bis zum Solarkocher, das Sortiment schien unendlich.

Ich streifte durch die aufgebauten Tische, bis ich das Objekt meiner Begierde erblickte. Dann wandte ich mich erleichtert an einen der Verkäufer.

„Ich hätte Interesse an einem Ihrer Ausstellungsstücke", eröffnete ich das Gespräch vage, um nicht gleich preiszugeben, worauf ich scharf war.

„Nur Tausch, keine Credits", knurrte der vierschrötige, düster dreinblickende Hüne, dem der Laden augenscheinlich gehörte. Ich seufzte, nickte aber ergeben.

„Geht klar! Die da", sagte ich und deutete auf den Gegenstand meiner Wahl, „im Tausch gegen meine Uhr." Ich machte ihm damit ein unschlagbares Angebot.

Misstrauisch sah er mich an. Ich reichte ihm meine Armbanduhr, und er prüfte sie eingehend. Als er die Krone auf dem Ziffernblatt erblickte, schnalzte er mit der Zunge. Dann sagte er: „Okay, du Bekloppter."

Ein Stein fiel mir vom Herzen. Schnell schnappte ich mir die alte Schreibmaschine, deren Farbband durch einen altmodischen, digital nicht aufzuspürenden Mikrofilm ersetzt worden war und der all die Informationen beinhaltete, die es brauchte, um Schreick und seine verbrecherische KI lahmzulegen.

Mit etwas Glück würden meine Freunde schon bald
wieder frei sein.

Von Guido Ewert

Kameramann

Schorsch sinniert

dem Tex hinterher. Nachdem Anonymus geendet hat, ist es vollkommen still. Sowohl das Publikum als auch die Jury verharrt reglos. Dieser Text scheint einen empfindlichen Nerv bei allen getroffen zu haben. Dann brandet wie auf Knopfdruck Applaus auf. Die Fan-Ecke mit Vampirzähnen hat eilig ihre Kostüme gewechselt und zeigt sich klatschend in Anonymuskostümen.

Schorsch ist einiges an Castings gewohnt, aber das übersteigt das Herkömmliche. „Wahnsinnig guter Text." Er zieht die Höchstpunktzahl und hält sie Anonymus entgegen, dann schwenkt er seine Karte Richtung der Fans. „Auch für euch die volle Punktzahl, super, wie ihr eure Protagonisten unterstützt, aber auch den anderen Respekt zollt. So stelle ich mir ein gutes Casting vor." Er steht auf, platziert sich neben seinen Sessel und springt in die Luft. „Ihr seid spitze!", ruft er, wie einst der große Showmaster aus vergangenen TV-Zeiten.

Nella und Dieter applaudieren und ziehen ebenfalls hohe Bewertungen. Wie? Kein blöder Spruch vom Kollegen? Schorsch wundert das,

schreibt es aber dessen offenbar angeschlagenem Verdauungssystem zu.

Mit langen, geschmeidigen Schritten tritt Babsy ins Rampenlicht und kündigt Steven und Ursula an. Ein ungleiches Pärchen betritt die Bühne, und die Band intoniert lautstark die Eingangsmelodie einer bekannten Kochshow vom Konkurrenzsender ‚Contra-8-TV'. Das ist die Gelegenheit. Schorsch winkt wild gestikulierend dem Beleuchter zu, damit er ihm ein Wasser bringt. Doch anstelle des Fachmanns steht nur einer der Kabelträger hinter der Kamera. Der zuckt mit den Schultern und zischt einem anderen zu, wo denn der Kameramann bleibe? Haben die alle zu viel Cola erwischt? fragt sich Schorsch, schüttelt den Kopf und schaut angewidert auf das Fläschchen vor ihm. Was ist denn hinter den Kulissen los? fragt er sich und tupft sich mit dem Taschentuch die Schweißperlen von der Stirn. Langsam kommt er sich vor wie ein Verdurstender in der Wüste Gobi. Ist das Absicht, dass die Laufburschen die Juroren so hängen lassen? Werden sie am Ende boykottiert? Das hat es alles schon gegeben. Ihm wird noch heißer und ein Schweißbach rinnt unter seinem Shirt den Rücken hinunter.

Von Anja Ziegler und Sina Land

Lieblingssauce

Es ist Sonntag

um die Mittagszeit. Ich stehe allein in der Küche unserer Drei-Männer-WG und trinke den ersten Kaffee. Mein Magen knurrt. Ich habe Hunger und überlege, was ich mir kredenzen kann. Es ist schnell entschieden:

Ein deliziöses Sandwich, so wie Mama es immer für mich gezaubert hat.

Wenig später backen schon die Toastscheiben im Ofen. Die leckere Gurke, die saftige Tomate und das gekochte Ei sind geschnitten. Der knackige Eisbergsalat ist gewaschen, in meiner Salatschleuder zentrifugiert und fein gezupft. Der Käse liegt bereit.

Die Pfanne brutzelt. Mit Vorfreude und einem Lied auf den Lippen lasse ich das Putenbrustfilet ins Olivenöl gleiten. Ich warte kurz und wende es. Würze mit Pfeffer und Salz. Es duftet köstlich. Das Wasser läuft mir im Mund zusammen.

Ich öffne die Kühlschranktür und nehme die leckerste Sauce *EVER* heraus, stutze sofort bei ihrem Gewicht – viel zu leicht, schießt es mir

augenblicklich in den Kopf. Da ist definitiv gefährlich wenig drin.

Dann pures Entsetzen. „What?", rufe ich laut aus und starre auf den kläglichen Bodensatz. Wut kriecht in mir hoch. Hat dieser Vollidiot von Mitbewohner es wirklich gewagt, sich an meiner Sauce zu bedienen?

Gerade noch rechtzeitig nehme ich das Fleisch vom Herd und schalte den Ofen aus, bevor mir beides verbrennt. Ich hole die Toastscheiben raus, platziere sie vor mir auf dem Teller und lasse meiner Wut freien Lauf.

„Was zur Hölle fällt dir ein" rufe ich böse, in der Hoffnung, dass meine laute Stimme bis ins Nebenzimmer tief in die Ohren von Michael dringt. „Wie oft habe ich gesagt, Finger weg von meinem Kram."

Ich knurre aufgebracht wie ein Hund.
Heftig schüttle ich nun die Flasche mit dem letzten Rest meiner liebsten Sauce und seufze niedergeschlagen. Das Überbleibsel an Köstlichkeit im Inneren bewegt sich nur zögerlich hin und her.
Ich öffne den Deckel und schnüffle sehnsüchtig.
„Das hat ein Nachspiel", drohe ich mit erneut lauter Stimme und hoffe, der Trottel nebenan hört wirklich jedes einzelne Wort.
Ich drehe die geliebte Squeeze-Flasche mit dem Kopf nach unten und drücke sie. Nur Luft

entweicht. Ich wiederhole das Schütteln, das Drücken, klopfe die Flasche an allen Seiten ab. Mit einem furzähnlichen Geräusch landen ein, zwei Tropfen auf meinem Teller. Unglaublich.

Enttäuscht lasse ich die Schultern hängen und blicke hilflos auf meine Zutaten. Ich schaue erneut in den Kühlschrank. Keine Mayo, keine andere Sauce, die ich nehmen könnte. Und nichts käme auch nur im Entferntesten der Sauce gleich.
Mir ist danach, meinen Mitbewohner zu lynchen.
Stopp. Böse Gedanken. Aus.
Die helfen mir jetzt nicht weiter.

Kurzentschlossen greife ich zum Telefon, wähle die Nummer meiner Saucen-Dealerin. Meine Nachbarin Ursula. Sie fährt regelmäßig mit ihren Rentner-Freundinnen zum Shoppen nach Holland und kauft dort in einem Delikatessengeschäft diese spezielle Sauce.
Sie ist zu 100 % handcrafted. Karamellisierte Zwiebeln bringen die perfekte Süße und verschiedene Gewürze, die ich noch nicht gänzlich identifizieren konnte, zaubern eine gewisse Würzigkeit. Ein perfektes Zusammenspiel. Ein einzigartiges Aroma. Man kann sie zu allem essen, und Ursula bringt mir jedes Mal eine Flasche mit.
Ob noch eine Reserve in ihrem Vorratsschrank steht, die sie mir überlassen könnte?

„Müller", meldet sie sich.

„Grüß dich, Ursula. Hier ist Steven von oben. Alles gut soweit?"

„Aber sicher. Was kann ich für dich tun?"

„Deine Sauce ist alle."

„Schon?"

„Ja, und ich wars nicht."

„Wer war es denn?"

„Mein Mitbewohner."

„Welcher? Michael oder René?"

„René ist im Urlaub. Michael ist der Übeltäter."

„Wie kann er es nur wagen", bemerkt sie amüsiert.

„Ja, oder? Als ich gestern Abend ging, hatte er Besuch von zwei Kumpels. Sie haben sich Burger bestellt und … Ich dachte noch, sie werden sich jawohl nicht an meiner Sauce bedienen."

„Oje. Und sie taten es?"

„Exakt. Nun sitze ich hier mit meinen Sandwich-Zutaten und bin ganz verzweifelt, Ursula."

„Ach herrje, das klingt ja wirklich nach einem Notfall, mein Junge. Aber wie kann ich dir helfen?"

„Hast du noch eine Flasche für mich übrig?"

„Nein, die ist leider aus, und bei mir ist auch nur noch ein Rest im Kühlschrank. Aber …"

„Ja, Ursula. Ich tue alles."

Sie lacht.

„Sei vorsichtig, was du sagst, Steven. Du bist jung und attraktiv, da würde mir gewiss etwas einfallen." Erneut kichert sie. „Spaß beiseite, Steven. Ich hätte eine Idee. Michael trinkt doch gerne diesen speziellen Kräutertee. Der mit den bunten Blumen auf der Packung. Gibt es davon noch welchen?"

„Ich denke schon. Warte, ich schaue nach." Gespannt wühle ich in Michaels heiliger Teekiste. „Ja, es ist noch was da."

„Perfekt", sagt Ursula. „Vorschlag: Du kochst uns eine Kanne Tee, und ich komme mit meinem Rest Sauce vorbei. Es müsste für ein Sandwich reichen."

„Das klingt traumhaft." Ich atme erleichtert auf.

„Gibt es denn auch ein wenig Sandwich für mich?"

„Unter diesen Umständen teile ich gerne."

„Super, dann bis gleich."

Etwas später duftet die Wohnung nicht nur herrlich nach gebratenem Fleisch und Brot, sondern obendrein nach dem Tee, den Michael wirklich mit niemandem teilt. So wie ich meine geliebte Sauce.

Und während ich mit Ursula gemütlich am Küchentisch sitze, wir vergnüglich lachen, essen und trinken, höre ich Michael in seinem Zimmer herumpoltern.

Er flucht lautstark: „Wieso rieche ich meinen Tee?"

Ich bin amüsiert.

Minutenspäter reißt er seine Zimmertür auf und kommt mit wütender Miene in die Küche gestapft. Er will losmotzen, sieht dann Ursula und starrt anschließend auf die Flasche Sauce, die ich hochhalte.
Im nächsten Moment grinst er unschuldig.
„Rache ist doch was Feines", sagt Ursula, und wir lachen gemeinsam.

Von Steffi Lofeldt

Komplott

Dieter ist kaum

in der Lage, sich auf die Geschichte zu konzentrieren. Zu intensiv beschäftigt ihn sein Magengrummeln. Ob er mit der Cola übertrieben hat? Sein Bauch gurgelt, und heftige Krämpfe ziehen seinen Laib innerlich zusammen. Er krümmt sich im Jurorensessel, bemerkt den Schweiß auf seiner Stirn. Wenn er sich jetzt nicht aus dem Stuhl stemmt und zur Toilette rennt, wird das extrem ungut enden. Die Pobacken zusammenkneifend, hievt er sich hoch und rast erneut an den anderen vorüber und hinter die Bühne. Dass es mucksmäuschenstill im Publikum ist, bekommt er mit. Dann hat er nur noch den Lokus im Sinn.

Käseweiß schaut ihn sein Spiegelbild über dem Waschbecken an. Er klatscht sich kaltes Wasser ins Gesicht. Doch erneut ziehen sich seine Eingeweide zusammen. Gewiss lassen die Gerüchte von Babsy alle glauben, dass sie recht hat. Sie hat den Juroren vor der Show hinter vorgehaltener Hand erzählt, dass die Chefin der GAMBIO-Filmstudios munkelt, es gäbe ein Komplott vom Konkurrenz-Filmsender. Sie hätten vor, ihre Livesendung zu blockieren. Aus Neid vermutete sie, weil dieses Format nicht IHRE eigenen Einschaltquoten in die Höhe treibt, sondern die des Konkurrenzsenders.

Da ploppt das Bild vom Wasserglas in ihm auf. Ob sie einen Spitzel in den eigenen Reihen haben, der nun das Wasser mit einem Abführmittel versetzt, jetzt, wo sie allesamt beim bloßen Anblick einer Cola schon Magenprobleme bekommen und es nicht mehr anrühren? Ein diabolisches Grinsen huscht trotz Krämpfe über seine Lippen. Ihm wäre am liebsten, wenn der Sender Babsy als die falsche Schlange verdächtigt. Da trifft es keine Unschuldige. Sie hat ihn nach ihrem Schäferstündchen in Helsinki eiskalt abserviert. Das hat er nicht vergessen, auch wenn sie noch so lange Beine hat. In dem Moment öffnet sich die Nachbar-Toilettentür, und ein käseweißer Kameramann erscheint. Er sieht aus, als hätte er sich eben übergeben. Dieter verzieht das Gesicht. Er nimmt stattdessen lieber seine Bauchschmerzen in Kauf.

Von Anja Ziegler und Sina Land

Fotograf Newtain

 Ein Fotoshooting

mit DEM Fotografen Heini <u>Newtain</u>. Hans-Friedrich las die Nachricht und riss mit einem satten „Yeees" eine Faust in die Luft. Er würde den Monat „Juli" beim neuen `Tschornalisten-Pin-up-Kalender´ bekommen.

Eine Mitarbeiterin <u>Newtains</u> erklärte ihm am Telefon, dass er ein privates Lieblingsstück mitnehmen solle. Hans-Friedrich entschied sich für seine alte Olivetti Reiseschreibmaschine.

Am Set angekommen, wurde er gleich vom persönlichen Referenten des Meisters angewiesen, sich in seiner Unterhose neckisch hinter die Olivetti zu setzen und nachdenklich dreinzuschauen. Hans-Friedrich schüttelte heftig den Kopf. „Das geht nicht."

Eine Augenbraue des Referenten erreichte die Höchstgrenze. So wie es aussah, war man hier Widerspruch nicht gewohnt.

„Ich trage nie Unterhosen", beeilte sich Hans-Friedrich nachzuschieben.

Die Miene des Referenten hellte sich auf. „Das ist kein Problem. Du bekommst eine Schreibmaschine von uns gestellt und tauschst deine

Olivetti gegen meine Feinrippunterhose, weiß mit Eingriff."

Von Anja Ziegler

T schornalist

 Babsy schaut

auf das Bild im Hintergrund, wo ein braungebrannter Muskelprotz in einer Feinrippunterhose posiert. Seine Beine stecken in Bundeswehrstiefeln, der Kopf ist nicht zu sehen. Wie das Foto zum eher schmächtigen und Anzug tragenden GAMBIO-Tschornalisten passt, ist ihr schleierhaft. Was haben sich die Filmleute dabei gedacht? Oder war das der Komplott von ‚Contra-8-TV‘?

„Lieber Hans-Friedrich", setzt Babsy an und stöckelt auf ihn zu. „Schön, dass auch wir dich Tschornalist anstelle von Journalist nennen dürfen, so wie all deine Kollegen aus dem Buch ‚Tauschrausch‘."

Just ertönt ein Scheppern. Aus den Augenwinkeln sieht sie Boy Schorsch aus seinem Sitz springen. Sein Wasserglas, aus dem er eben getrunken hat, ist auf dem Boden zerschellt. Rennend verschwindet er hinter die Bühne.

Sie atmet tief durch und ändert erneut ihren Text. Doch eine weitere Unterbrechung lässt sie diesen ebenfalls ad acta legen. Nellas Wasserglas hat sich in ihrer gehäkelten Handtasche verfangen

und hinterlässt nun ebenfalls eine Pfütze auf dem Boden. Zum Glück hat sich Babsy vor der Sendung für diesen Fall einiges an Lückenfüllern zurechtgelegt. Der Produzent zeigt ihr mit den Händen ein Time-out. Sie verdreht die Augen. Hatte sie recht und alle Umstände verschwören sich jetzt zusätzlich gegen das Format? Mit geschulter Leichtigkeit plant sie erneut um.

„Ich fürchte, wir werden eine kleine Pause brauchen", sagt sie zu Hans-Friedrich und legt ihm ihre fein manikürte Hand auf die Schulter. „Das ist für dich natürlich alles andere als prickelnd. Aber mit zu wenig Juroren können wir nicht abstimmen. Jeder soll schließlich die gleichen Bedingungen haben. Von daher bitte ich dich um ein wenig Geduld."

Nach einer flugs eingeschobenen Werbepause sehen die beiden männlichen Juroren reichlich blass um die Nase aus, aber sie sitzen tapfer neben Nella in ihren Sesseln und vergeben endlich die Punkte für Hans-Friedrichs Geschichte. Danach tauscht er zügig mit Stina Gräfling den Platz, die in einem knappen Tennis-Outfit erscheint. Hinter ihr wird ein Tenniscourt an die Wand projiziert. Babsy atmet durch und moderiert ihre Tauschgeschichte an.

Von Anja Ziegler und Sina Land

Flutlicht

Trainieren,

trainieren, trainieren! Etwas anderes gab es nicht mehr in ihrem Leben. Sie war gut, sehr gut sogar, und mit viel Übung könnte sie Weltklasse sein. Erst gestern hatte sie ein Turnier gewonnen. Sie liebte das Spiel, war die Prinzessin in Weiß. Aber manchmal fragte sie sich, ob es das wert war. Wann hatte sie das letzte Mal ihre Freunde getroffen? Heute fand die jährliche Sommerparty am See statt, doch sie musste trainieren. Bis spät in den Abend. Wofür gab es schließlich Flutlicht?

Ihr Vater erwartete sie an der Ballmaschine. Anstatt ihr Anweisungen zu geben, hielt er ihr diesmal einen Beutel entgegen. „Hier, nimm! Ich tausche den Inhalt gegen deinen Tennisschläger. Amüsiere dich gut!" In der Tasche fand sie ihr bestes Sommerkleid und Sandalen.

Von Donata Schäfer

Testosteron Männeken

Stina strahlt

mit ihrem weißen Tenniskleid um die Wette, als sie ihren Vortrag beendet hat, doch Schorsch vermag es nicht zu genießen. Zu intensiv versucht er, sein Unwohlsein zu unterdrücken. Im Publikum grölen ein paar Fans und halten ihre mitgebrachten Tennisschläger in die Höhe.

Dieter, der so gepeinigt aussieht, wie er selbst sich fühlt, ist zumindest so weit hergestellt, dass er das sexy Outfit der Protagonistin lobt.

Schorsch, der nach den Vorfällen lieber verdurstet, als erneut irgendetwas zu trinken, schüttelt über Dieters Bemerkung missbilligend den Kopf. Sogar wenn es ihm schlechtgeht, hält er sich nicht mit Sprüchen zurück. Ist das die Möglichkeit!

Nella spricht just seine Gedanken frei aus. „Du bist und bleibst ein altes Testosteron-Männeken. Werd mal erwachsen!"

Das Publikum grölt zum großen Teil, einige buhen und zeigen mit ihrem Daumen nach unten.

Babsy übertönt die Menge: „Tja, meine lieben Casting-Fans, solch aufgeheizte Stimmung gibt es eben nicht bei ‚Contra-8-TV‘, sondern nur bei uns. Ich bitte um eure Votings.“

Schorsch kratzt sich an der Stirn. Warum kommt sie jetzt mit dieser Bemerkung ums Eck? Hat sie vor, zusätzlich das Publikum auf ihre allseits bekannte Verschwörungstheorie einzuschwingen?

Dieter hebt grinsend die beste Bewertung und zwinkert in die Kamera. Ein Ersatzkameramann bedient diese nun, da der vorherige komplett ausgefallen ist.

Nachdem Stina strahlt und mit einer imaginären Rückhand in die Luft schlagend die Bühne verlässt, sieht er die orangene Madison durchs Bild huschen. Was macht die denn im Rampenlicht? Die ist doch nur hinter den Kulissen im Einsatz.

Mit einem Klemmbrett unter dem Arm flüstert sie Babsy etwas zu. Anders als der vorherige Kameramann hält der Ersatzmann voll drauf und denkt nicht daran, sich dezent zurückzuziehen. Die Moderatorin schüttelt energisch den Kopf. Dann stellt sie sich, vollkommen der Profi, sofort in Position.

Schorsch runzelt die Stirn und überlegt, was sie dem Mann mit ihrer „Augenbrauen-hochzieh-Geste“ vermittelt. Mach dich nachher auf einen

Einlauf gefasst? Was ist denn nur mit dieser Sendung los?

Professionell strahlt Babsy in die Kamera: „Bleiben wir beim Tennis und begrüßen Sie Papa Tim!" Samt Moderatorenkärtchen in der Hand applaudiert sie in Richtung der großen Showtür, die sich sogleich öffnet.

Schorsch sieht hinter der Bühne die Maskenbildnerin torkeln. Schnell wird sie von einem im Hintergrund arbeitenden Aufpasser aus dem Blickfeld geschoben. Ob sie Probleme mit dem Kreislauf hat? Wer kümmert sich dann jetzt um die Protagonisten, damit die nicht wie Speckschwarten im Scheinwerferlicht glänzen? Die Praktikantin? Na, das wird ein Spaß.

Von Anja Ziegler und Sina Land

Familiensport

Abends in der

Ferienanlage "Andalusia". Herr Müller spielte mit seinem großen Sohn Boris Tennis. Endlich haben sie eine Reservierung ergattert. Gerade als sie bei schwül-sommerlichen Temperaturen verschwitzt ihr Match beendeten, lief die Mutter über den Platz, mit Frida an der Hand. Die Kleine reckte euphorisch einen Volleyball in die Höhe.

„Sie konnte nicht schlafen und hat mich gefragt, wo denn ihr Papa bleibt", erklärte seine Frau.

Der Vater schaute zu Frida. „Ach, Schätzchen, hast du auf mich gewartet?"

Sie nickte und entgegnete mit großen Augen: „Darf ich auch mal spielen?"

„Na klar", meinte Papa, schnappte sich den Ball und überreichte ihr stattdessen den Schläger. Für sie war er zu schwer, und sie bekam ihn kaum gehalten.

Er sah seiner Tochter zu, wie sie verzweifelt versuchte, das für sie viel zu unhandliche Sportutensil zu schwingen, und warf einen Blick auf seine Uhr. Der Sonnenuntergang kündigte sich an, und ihm kam eine Idee.

Er hockte sich zu ihr runter. „Was hältst du davon zu tauschen? Wir beenden das Tennis für heute und spielen dafür noch kurz eine Runde Volleyball."

„Au ja!", rief die Kleine und hüpfte auf und ab, denn ihr war klar, dass ein Volleyballnetz um einiges höher hing als das vom Tennis. Hastig tauschte sie den Schläger gegen ihren Ball ein und warf ihn mit ganzer Kraft über das Tennisnetz auf die andere Seite des Platzes, sodass sogar ihr Vater Probleme hatte zu parieren.

Von Marco Plate

Ausgespielte Karten

Der Ersatzkameramann

hatte sich eine gehörige Standpauke von Babsy angehört. Was für eine Tussi. Jetzt bemühte er sich redlich, um eine ihr gefällige Kameraführung, damit er nicht ausgetauscht wird. Deshalb hält er nach dem Vortrag von Papa Tim auf dessen kleine Tochter, die mit leuchtenden Augen im Publikum sitzt und ihren Vater über die Distanz hinweg anhimmelt. Solche Bilder bringen gewiss die ersehnte Quote. Damit wird er seinen Platz hinter der Kamera einsatzkräftig verteidigen. Er gönnt seinem Kollegen die Magenverstimmung, so hat er endlich die Chance und seinen großen Moment. Wenn nur die hochnäsige Babsy nicht wäre. Doch zum Konkurrenzsender wechseln, dafür ist die Zeit nicht reif. Erst mal alle Karten ausspielen. Er wird ihnen schon zeigen, wie das mit der Kameraführung funktioniert, damit die Zuschauer nicht in der Werbepause wegzappen.

Die Jury scheint beeindruckt vom Tennispapa, bei dieser intensiven Menge Charmeoffensive der Kleinen traut sich niemand etwas Verletzendes zu sagen, nicht einmal Dieter. Entsprechend wohlwollend fallen die Bewertungen aus.

Babsy stöckelt mit einem Tennisschläger auf die Bühne, im Hintergrund wird das letzte Wimbledonfinale eingespielt. „Wer von euch ist schon einmal auf einen Zwillingstrick reingefallen? Keiner?", fragt sie das Publikum. „Ein Tausch der Rollen im Unterricht? Auf einer Party? Bei der Fahrschulprüfung?"

Das ist doch alles langweilig, mosert der Ersatzkameramann innerlich. Hätte er etwas in diesem Saftladen zu sagen, würde er die aufgetakelte Babsy als Erstes absägen. Schnell hält er auf die zwei jungen Männer zu, die sich ohne vorherige Ansage in den Spot der Bühnenmitte stellen. Er schmunzelt und fängt die säuerliche Miene der Moderatorin ein, die mitten in ihrem Interview abbricht. Sie dreht sich zur Bühne, hat ihren entsetzten Ausdruck jedoch sofort wieder im Griff. Mit galanten Worten umschifft sie die kleine Panne. Erneut unterdrückt der Ersatzkameramann ein Auflachen. Geschieht ihr recht! Das ist die gerechte Strafe, dass sie ihn ständig abblitzen lässt, wo sie sich doch einem Schäferstündchen mit dem Dieter nicht entzogen hat. Warum bekommen stets die prominenten Fische die leckeren Köder. „Einen großen Applaus für die Bäcker-Tennisbrüder Boris und Loris", hört er sie moderieren. Bei ihrem Abgang hält er schnell auf das seltsame Make-up der Neulinge, die eben auf die Bühne treten. Mit den kajaluntermalten Augen und pomadig nach hinten gekämmten Haaren sehen sie aus wie bei einer Las-Vegas-Tigershow. Sein Losprusten lässt sich dieses Mal nicht unterdrücken.

Von Anja Ziegler und Sina Land

Heiratsantrag

Mit einem

strahlenden Lächeln verlasse ich den Juwelier.

In meiner Tasche ist der Ring für Jessi.

Ich bin mir sicher, dass sie Ja sagt. Wobei: Ein kleines Restrisiko bleibt immer. Eine wohlige Aufregung durchströmt mich.

Morgen Abend veranstaltet die Stadt ein riesiges Feuerwerk.

Ich leihe mir die Yacht meines Bruders aus, so der Plan. Wir würden das Pyro-Spektakel vom Wasser aus betrachten, und Jessi würde es hoffentlich gefallen, wenn ich in diesem Moment die große Frage stelle. Ob sie weinen würde, wenn ich vor ihr auf die Knie falle?

Eventuell. Und vielleicht würde sogar ich ein paar Tränchen verdrücken. Ich liebe sie von ganzem Herzen.

Mein klingelndes Handy holt mich aus den romantischen Gedanken.

Es ist mein Trainer.

Trainer, Manager und … Vater. In einem großen Tennisturnier habe ich mir einen Platz im Halbfinale ergattert. Dieses Spiel ist in zwei Stunden.

„Was gibt es, Dad?", eröffne ich das Gespräch.

„Wo treibst du dich rum? Es wird Zeit. Ich warte im Vereinshaus."

„Jetzt schon?"

„Ja, das hatten wir so vereinbart", motzt er mich an.

„Sorry. Ich bin in etwa 20 Minuten bei dir."

„Zackzack", drängelt er.

Ein paar Stunden später verlasse ich als glücklicher Sieger den Platz. Jessi fällt mir voller Freude in die Arme. Mein Vater gratuliert mir mit dem Kommentar: „Fürs Finale muss du noch eine gewaltige Schippe drauflegen, mein Sohn." So ist er immer. Einfach mal sagen: „Gut gemacht", das kann er nicht.

Als ich am nächsten Morgen eine E-Mail vom Turnierveranstalter auf meinem Telefon lese, bin ich entsetzt. Meinen Plan, Jessi während des Feuerwerks einen Heiratsantrag zu machen, kann ich vergessen. Das Endspiel ist für 20 Uhr angesetzt. Ich würde es nie schaffen, rechtzeitig mit ihr auf dem Boot zu sein.
Überfordert schlage ich die Hände über dem Kopf zusammen. Alles ist arrangiert. Ich müsste dem Koch absagen, der wohl gerade beim Großmarkt die Zutaten für unser Menü einkauft.

NEIN! Ich will und kann das nicht canceln. Es ist mir zu wichtig.

Ich rufe meinen Bruder an, der weiß immer Rat.

„Glückwunsch noch zum gestrigen Sieg“, sagt er zur Begrüßung.

„Danke“, erwidere ich.

„Geht alles klar mit heute Abend?“, fragt er. „Ich bin gegen 19:30 Uhr im Hafen.“

„Das Endspiel ist für heute 20 Uhr angesetzt“, motze ich.

„O nein. Und nun? Wirst du den Antrag vertagen?“

„Nein, ich werde das Spiel absagen.“

„So ein Quatsch“, kontert er.

„Doch, genau das werde ich tun. Das ewige Genörgel und die Unzufriedenheit von Papa nerven mich. Dann bin ich halt mal nicht da.“

„Nein, das machst du nicht“, spricht mein Bruder streng ins Telefon.

„Es ist nur ein weiteres Turnier von vielen“, erkläre ich aufgebracht, „und die Sache mit Jessi ist mir wichtiger. Alles ist komplett durchgeplant.“

„Das kannst du Dad nicht antun.“

„Werde ich aber.“

„Warte mal. Ich habe da eine Idee.“

Mein Bruder ist der Beste.

Um 19:20 Uhr stehe ich mit der irritierten Jessi am Hafen.

„Was machen wir hier?", fragt sie, „du musst doch gleich spielen."

„Warte es ab."

Sie betrachtet die untergehende Sonne, während ich grinsend die Yacht meines Bruders erspähe. Soeben wird sie in den Hafen gesteuert. Glücklich schließe ich Jessi in die Arme. Meine Nervosität steigt. Sie schmiegt sich an mich.

„Was genau soll ich abwarten?", fragt sie. Meine Antwort ist ein Schmunzeln und ein Kuss. Sie entdeckt das heranfahrende Schiff. Wir betrachten es gemeinsam.

Minuten später liegt die Yacht auf dem Liegeplatz. Mein Bruder kommt von Bord und grinst uns breit an. Zur Begrüßung herzen wir uns alle.

„Hallo, ihr zwei. Seid ihr bereit?", möchte er wissen.

„Und … was machst du jetzt hier?", fragt Jessi verdutzt. Er zwinkert ihr zu und zuckt unschuldig mit den Achseln.

„Jepp, bereit", erwidere ich und überreiche ihm meinen Tennisschläger. Er übergibt mir die Schlüssel der Yacht. Wir nicken uns amüsiert zu.

Wie gut, wenn man einen eineiigen Zwilling hat. Was für eine geniale Idee von ihm. Seit der Schulzeit haben wir so etwas nicht mehr angezettelt. Ich bin begeistert, heute trägt er sogar die Haare wie ich. Perfekt. Jessi runzelt die Stirn. Die Arme ist völlig überfordert.

„Unser Vater wird ausflippen", sage ich. „Komm ihm bloß nicht zu nahe."

„Ich werde das möglichst vermeiden", entgegnet er lachend, „zumindest vor dem Spiel."

„Dann viel Erfolg auf dem Platz." Ich gebe ihm meinen Autoschlüssel. „Und danke, danke, danke." Um das Tennisfinale sorge ich mich nicht, er wird es rocken. Mein Bruder spielt viel besser als ich, das war schon immer so. Den Sieg haben wir gewiss in der Tasche.

„Es ist mir ein Vergnügen", antwortet er. „Viel Spaß euch."

„Was ist hier bloß los?", fragt Jessi. „Kann mich mal bitte jemand aufklären?"

„Warte es ab", sagen wir Brüder wie aus einem Mund und lachen.

Er verabschiedet sich.

Überglücklich und mit Jessi in meinem Arm verlassen wir später den Hafen, fahren an der Küste entlang. Unweit der Stadt, in dem gleich das große Feuerwerk startet.

Von Steffi Lofeldt

Planänderung

Hinter der Bühne

wuselt Madison auf die Praktikantin zu, die sich hektisch um die glänzende Stirn der nächsten Protagonistin bemüht. Sie tupft Larissas Gesicht ab und frischt das Rouge auf. Ihre Finger zittern so extrem, dass sie kaum fähig ist, den Make-up-Pinsel gezielt über die Wange zu streichen. Seit die Chefin sich ebenfalls übergeben hat, schlägt sich Madison mit dieser Möchtegerntante herum. Eilig entzieht sie ihr die Protagonistin und schiebt sie Richtung Wartebereich zurück.

„Da ist was schiefgelaufen. Larissa, du bist erst am Ende dran", erklärt sie und reißt energisch die Tür zum Backstagebereich auf.

„Aber ..." Die Prota schnappt nach Luft. „Ich muss doch gleich auf die Bühne. Im Ablaufplan steht, dass ich jetzt dran bin."

„Nein", beschwichtigt sie Madison, und ihre orangefarbenen Haare fliegen von einer Seite zur andern. „Da ist im Plan was durcheinandergeraten. Du kannst dich entspannen. Ich hole dich später."

Mit diesen Worten stopft sie Larissa in einen Wartesessel und eilt zur sich öffnenden Bühnentür zurück. Babsy schaut sie mit aufgerissenen Augen

an und zeigt ihr die Zähne. Madison deutet auf sich, streckt die Brust hervor, lächelt und breitet präsentierend die Hände aus, als sie ins Rampenlicht tritt. Das ist ihr Moment. Sie wird aller Welt zeigen, dass die Produktionsfirma unrecht hatte, damals ihre Story rauszuwerfen. Dieser Tag wird in die Geschichte eingehen und sie nun die Bühne rocken. Sie genießt ihren Applaus in vollen Zügen. Doch sofort setzen die Musiker mit einem Lied ein, und Babsy schiebt sie mit sanftem Nachdruck durch die Tür zurück. Eilends entreißt die Moderatorin der Make-up-Praktikantin Charly und Charlene und bugsiert die beiden ohne ein weiteres Aufhübschen auf die Bühne hinaus.

Von Anja Ziegler und Sina Land

Man muss sich nur ...

... zu helfen wissen

„**W**ie ist das passiert?", fragte der Arzt, während seine Sprechstundenhilfe Charlene in den Röntgenraum führte.

„Wir haben eine Bootstour vom Campingplatz bei Brick aus gemacht, von dort sind wir den Fluss runter gepaddelt und haben dann die Wanderung zu den Wasserfällen ein Stück flussaufwärts von hier unternommen. Der Ausblick war traumhaft, doch auf dem Rückweg ist meine Frau auf einem Stein ausgeglitten", fasste ich kurz zusammen.

„Mmh, ja, der Weg sieht leicht aus, aber hat seine Tücken. Jedes Jahr gibt es da einige Unfälle", brummte der Mediziner. „Dann wollen wir mal sehen."

Kurz betrachtete er das Röntgenbild auf seinem Monitor. „Ein glatter Bruch. Warten Sie hier."

Eine Stunde später verließen wir die Praxis, Charlene um einen Gips und eine Armschlinge reicher.

Hier standen wir nun. Missvergnügt schaute ich auf unser Kanu. Es hier zu lassen war keine Option, doch von den zwei Taxis in dem kleinen Ort hatte keines eine Vorrichtung, um das Teil zu transportieren.

Unser Wohnmobil zu holen war auch keine Option, denn der Aufbau war zu hoch für die kleine Brücke am Eingang des Tals. Das hatten wir auf dem Weg zu unserem Übernachtungsplatz festgestellt, als wir hier vorbeigekommen waren.

Ich kratzte mich am Kopf. Alleine würde ich die Strecke flussaufwärts bei der Strömung sicher nicht paddeln können.

„Ein ganz schöner Mist, nicht wahr?", äußerte sich mein Schatz, und ich nahm sie in den Arm.

„Davon lassen wir uns doch den Urlaub nicht vermiesen. Hauptsache, dir ist nichts Schlimmeres passiert."

„Als Kind wollte ich immer einen Gips haben. Meine beste Freundin hat sich damals den Arm gebrochen, und alle haben drauf unterschrieben. Jetzt könnte ich dankend drauf verzichten". Charlene seufzte. Ich drückte ihr einen Kuss auf die Stirn und überlegte, wie es weitergehen sollte.

Wir setzten uns auf eine Pritsche an der Anlegestelle, als mein Handy klingelte. Die Titelmelodie meiner Lieblingsserie schallte über das Plätschern des Wassers hinweg. Ich nahm ab und lauschte.

„Nein. Ich weiß noch nicht, wie es weitergeht",
seufzte ich und reichte das Telefon an Charlene
weiter. Es war ihre Mutter. Wir hatten sie bereits
über die Misere informiert, doch von Deutschland
aus würde sie uns kaum helfen können. Ich summte
die Melodie des Klingeltons und ließ meinen Blick
schweifen. Dabei fiel mir unter den wenigen
Häusern, die verstreut in der Gegend standen, eins
ins Auge, vor dem ein verbeulter Rasenmäher
stand. Lustigerweise war der Garten mit weißem
Kies ausgestreut. Mein Blick huschte zu unserm
Fang des Tages, der in einem Eimer in der Mitte
unseres Kanus stand. Wir hatten heute Glück beim
Angeln und sogar mehr als einen Fisch gefangen.
Ein Grinsen schlich sich auf meine Lippen. Ich
schnappte mir unseren Eimer und schritt auf das
Haus zu. Hinter mir hörte ich Charlene weiter mit
ihrer Mutter telefonieren, spürte ihre Blicke aber auf
meinem Rücken.

„Hallo", grüßte ich den Mann, der im Vorgarten auf
einem Liegestuhl in der Sonne döste. Er blinzelte
und richtete sich auf.

„Kann ich etwas für Sie tun?", brummte er.

„Ehrlich gesagt, ja", antwortete ich und deutete
auf den Rasenmäher. „Funktioniert der noch?"

„Der läuft einwandfrei, allerdings wird er nicht mehr gebraucht." Der Mann zeigte auf den Kiesboden.

„Das hab ich mir fast gedacht" Ich lachte. „Ich heiße übrigens Pete", stellte ich mich vor.

„Angus." Der Mann reichte mir die Hand und beäugte meinen Fang. „Gute Ausbeute", kommentierte er.

„Du würdest nicht zufällig den Rasenmäher gegen die Fische tauschen?", fragte ich und erläuterte kurz unsere Situation.

„Gerne, aber wie soll dir der Mäher helfen?" Seine Neugierde war geweckt.

„Das zeige ich dir gerne." Ich grinste. „Allerdings bräuchte ich auch noch das Rohr dort drüben, wenn das okay wäre." Ich deutete auf das etwa 2,5 Meter lange Teil.

„Das geht klar, aber ich hab immer noch keine Ahnung, worauf du hinauswillst."

„Komm mit."

Ich schnappte mir Rasenmäher und Rohr und ließ zusätzlich vier lange Nägel mitgehen. Angus legte einen Kanister mit Benzin oben drauf. Gemeinsam schafften wir die Ausbeute rüber zu unserem Kanu.

Als Erstes montierte ich das 2-blättrige Scherblatt von der Achse. Die Schneiden standen bereits schräg, und mit Hilfe der flachen Seite einer

kleinen Axt, die wir fürs Feuerholz stets dabeihatten, hämmerte ich sie noch etwas zurecht, sodass das Scherblatt nun einem Propeller glich. In das Rohr bohrte ich mit der Aale meines Schweizer Taschenmessers zwei Löcher.

„Angus, hast du vielleicht einen Akku- und einen Stahlbohrer?"

Er nickte begeistert und lief zum Haus. Wenig später kam er mit den gewünschten Sachen zurück.

Ich bohrte einmal quer durch die Antriebsnabe des Rasenmähers, setzte das Rohr auf die Achse und fixierte es mit den zwei Nägeln. Die abstehenden Enden drückte ich krumm.

„Ich glaub, ich weiß, was du vorhast", sagte Angus, grinste und befestigte das Rasenmäherblatt auf ähnliche Weise am anderen Ende.

„Was zum Henker macht ihr da?" Charlene hatte inzwischen aufgelegt und schaute uns fassungslos zu.

„McGyvern!", antworteten wir wie aus einem Mund. Wir sahen uns an und brachen in Gelächter aus.

„Sag nur, du liebst die Serie auch so sehr wie ich?" Ich grinste Angus an, und er nickte, atemlos vor Lachen.

Wenig später hatten wir aus dem Rasenmäher einen passablen Außenbordmotor gebastelt, und nach einer herzlichen Verabschiedung tuckerten Charlene und ich gemächlich stromaufwärts zu unserem Wohnmobil zurück.

Meine Freundin betrachtete kopfschüttelnd das Kunstwerk. Die Konstruktion mit der langen Antriebswelle und dem Scherblatt als Schraube hatten Angus und ich mit gefühlten 300 Metern Duct-Tape am Boot befestigt.

„Männer", seufzte sie und lächelte mich dennoch zufrieden an.

Von Guido Ewert

Verschwörungstheorie

Boy Schorsch

atmet tief durch. Sein Darm hat sich beruhigt, und er applaudiert kraftvoll, froh darüber, wieder in Form zu sein. Diese Art, die Probleme anzupacken, ist nach seinem Geschmack. Beherzt um die Ecke denken gefällt ihm. Und schon ergibt sich eine Lösung, wo diese anfangs unmöglich erschien. Er zückt seine Punkte, und die anderen ziehen hinterher.

„Mia san mir", plärrt er um den donnernden Applaus zu übertönen, schnellt vom Sitz hoch und trommelt mit den Fäusten auf den Aufdruck seines Shirts. Euphorisch reißt er seinen Kopf in den Nacken. Wie vom Blitz getroffen erstirbt sein ausgelassenes Lachen. Über ihm flackert einer der Strahler. Schnell springt er zur Seite, um der auf ihn herunterfallenden Beleuchtung auszuweichen. Doch es passiert nichts dergleichen. Mann, beschimpft er sich innerlich. Er sieht schon überall Gespenster. Peinlich berührt von seiner Aktion, lächelt er zum Ersatzkameramann und setzt sich brav in seinen Sessel zurück. Hoffentlich hat der seine angsterfüllte Miene nicht eingefangen. Babsy mit ihren Verschwörungstheorien macht ihn komplett kirre. Inzwischen ist er sich sicher, dass sie alle das Essen vom Cateringservice nicht vertragen haben. Ob der Service von der Konkurrenz geschmiert wurde und sie dem eh schon öligen Fisch Abführmittel zugesetzt haben? Unwirsch klatscht er sich auf die Wangen, um die düsteren Gedanken zu vertreiben. Schnell konzentriert er sich auf den Nächsten, der soeben die Bühne betritt. Die luftigen Sommerklamotten, Bermudahose, Sonnenbrille und ein Sombrero erhellen sein Gemüt. So gefällt ihm die Show gleich wieder besser. Die Band spielt ein paar beschwingte Sommerklänge. Ein Cocktail wird auf die Leinwand projiziert. Ein Knacken lässt ihn erneut zusammenfahren. Jäh huscht sein Blick zum Strahler an der Decke über ihm. Doch dieser beleuchtet zuverlässig den Barhocker mit dem Protagonisten, ohne einen weiteren Aussetzer zu produzieren.

Von Anja Ziegler und Sina Land

Pumpkin-Macchiato

Für manchen

ist's ne bittere Pille,
wenn der Sommer zieht von hinnen,
Doch ich tausch gern die Sonnenbrille,
Gegen den Herbst - mit allen Sinnen.

Wechsle leichte Jacken, dunkle Gläser,
zugunsten Temperaturen, die erträglich,
Buntes Laub statt trockne Gräser,
Und einen Pumpkin-Macchiato - täglich!

Von Guido Ewert

Madisons Einsatz

D er Sombrero

des Protagonisten wackelt vor Begeisterung, sein Träger tanzt zur Musik und schwingt rhythmisch mit den Hüften. „Eye, eye, eye" zirpt er ausgelassen. Nella klatscht aufgekratzt mit. Dieser Gute-Laune-Text ist genau das Richtige nach den Massenausfällen und bringt Schwung in die Bude. Sie lässt ihre Prilblümchen hüpfen, doch gleich darauf erstirbt ihr munteres Wackeln. Wo bleibt denn Babsy? Die Zuverlässigkeit in Person taucht nicht auf.

Boy Schorsch taumelt noch in Euphorie.

Dieter dagegen begreift offenbar schneller die Lage, springt von seinem Sessel auf, schnappt sich einen Sombrero von der Fan-Meile und tanzt ein paar Runden durchs Studio.

Dann ist es nicht mehr unter den Tisch zu kehren, dass es erneut einen Komplettausfall gibt. Beherzt steht Nella auf und wendet sich an das Publikum. „Ick gloobe, es ist ganz klar, dass dieser Text eine super Bewertung bekommt."

Schorsch springt ihr bei. „Ich hätte jetzt Lust auf einen Pumpkin-Macchiato. Hat jemand zufällig einen übrig? Ich würde ihn nehmen."

Dann huscht statt Babsy Madison auf die Bühne. Unerschrocken strahlt sie mit ihren orangefarbenen Haaren gegen die Spotlampen an.

„Hi, ich bin die Madinson Johnson und hier quasi Mädchen für alles und vertrete die Babsy, die gerade indisponiert ist und mich um die Anmoderation gebeten hat. O MEIN GOTT, bin ich aufgeregt", schreit sie in die Runde. Das Publikum quittiert dies mit einem donnernden Applaus.

Nella dagegen schüttelt den Kopf. Das gesamte Filmteam weiß, dass sie als Starmoderatorin – Nella von Sella - locker aus der Hüfte übernähme. Was soll das? Die brauchen kein Greenhorn auf die Bühne zu schicken. Warum haben sie nicht einen Laufburschen mit den Moderationskärtchen zu ihr geschickt? Sie war eh schon auf dem Sprung zu übernehmen.

„Ihr seid sooo klasse, viiielen Dank." Madison quietscht vergnügt ins Mikro. „Bei so viel Unterstützung übernehme ich den Job gleich komplett." Das Publikum johlt und klatscht erneut Beifall.

Nella schaut zu Dieter, dessen Stirn ansonsten dank Botox nie Falten zeigt. Dennoch lassen sich die totgespritzten Muskeln zu einer Skepsis zeigenden Bewegung animieren.

Boy Schorsch sieht ebenso ungläubig drein.

Was ist hier los?

Madison scheint voll in ihrem Element. „Zückt schon mal die Taschentücher für die nächste Geschichte. Hier kommt Camille mit einem Luftballon."

Mit einem zaghaften Lächeln und fortgeschrittenem Babybauch tritt die Protagonistin auf die Bühne. Auf der Leinwand steigen im Hintergrund bunte Ballons in den Himmel. Die Band spielt das entsprechend zeitlose Nena-Lied dazu.

Verstohlen schiebt Schorsch Nella einen Zettel zu und bedeutet ihr, ihn zu lesen und an Dieter weiterzureichen. „Hier nichts mehr essen oder trinken!", steht darauf geschrieben.

Von Anja Ziegler und Sina Land

Marc und Camill

Wie alles begann ...

Da saß ich

allein und bekümmert auf der Parkbank. In der Hand hielt ich einen mit Konfetti befüllten Luftballon, darauf die Zahl Zwei. Das Helium im Inneren ließ ihn hoch aufsteigen.

Mir war zum Weinen zu Mute. Ich könnte die Schnur einfach loslassen, schoss es mir durch den Kopf, schließlich brauchte ich ihn nicht mehr.

Ein Mann mit Kinderwagen schob an mir vorbei. Das Kind hatte den Ballon längst entdeckt, streckte die Hände in seine Richtung aus und quietschte vor Freude.

„Möchtest du ihn haben?", rief ich.
Augenblicklich stoppte der Kinderwagen. „Wird er denn nicht mehr gebraucht?", fragte der Mann.

„Nein, … definitiv nicht." Schnell schluckte ich die aufsteigenden Tränen runter.
„Na, wenn das so ist. Sehr gerne. Meine Tochter ist happy, und sie ist obendrein zwei Jahre alt. Die Zahl passt also perfekt."

„Dann soll es wohl so sein", entgegnete ich freundlich, stand auf und ging auf die beiden zu.

„Vielen Dank. Schau mal, Pauline, was für ein tolles Geschenk."

„Nein, das ist kein Geschenk." Schmunzelnd schüttelte ich den Kopf.

„Nicht?" Er schaute verdutzt.

„Ich bekomme das mit Abstand liebste und wundervollste Lächeln dafür. Es ist also ein Tausch", erklärte ich, und der Papa schmunzelte nun ebenso.

„Soll der Ballon am Wagen festgebunden werden?", fragte ich.

„Gute Idee. Nicht, dass er noch wegfliegt."
Ich knotete ihn fest und war froh, dass ich ihn vor ein paar Minuten nicht einfach hatte fliegen lassen. Er machte indes ein kleines Mädchen glücklich. Pauline strahlte übers ganze Gesicht.

„Zwischen all dem Konfetti im Inneren des Ballons befindet sich ein Brief", erzählte ich und merkte, wie meine Stimme bei jedem Wort dünner wurde. „Nicht wundern, es ist ein Gutschein für einen Flug nach London. Der kann entsorgt werden." Nun liefen Tränen meine Wangen hinunter. Ich seufzte auf und lächelte gequält. Zückte ein Taschentuch.

„O weia. Dürfen Pauline und ich Sie auf einen Kaffee einladen?"

„Sehr gerne", sagte ich dankbar. „Ich bin übrigens Camill."

„Freut mich. Und ich bin Marc."

Schnell wischte ich mir die letzten Tränen fort, und wir schlenderten gemeinsam zum naheliegenden Café.

Mittlerweile sind seit dieser Begegnung drei Jahre vergangen. Der rote Luftballon war ursprünglich für meinen damaligen Freund zum zweiten Jahrestag gedacht, der mich just an diesem Tag verlassen hatte.

Marc kennenzulernen war eine glückliche Fügung und Paulines zauberhaftes Lächeln ein wunderbarer Tausch gewesen. Mit unserem Aufeinandertreffen begann etwas Großes.

Wir tauschten Nummern aus und telefonierten ab diesem Tag täglich miteinander.

Aus Freundschaft wurde Liebe.

Marc ist Witwer. Die Mutter von Pauline überlebte die Geburt der gemeinsamen Tochter nicht. Ich war nach ihr die erste Frau in seinem Leben.

Heute halte ich eine Überraschung in meiner Hand. Es ist ein Ultraschallbild.

Pauline bekommt ein Geschwisterchen.

Von Steffi Lofeldt

Rettungsaktion

Mit sanfter Stimme

trägt Camille ihren Text vor, wobei sie mit einer Hand beständig über ihren Babybauch streicht. Wie zu erwarten war, ist das Publikum begeistert von ihrem Auftritt. Madison schluckt und tritt - ein Glitzertränchen unter dem Auge - ans Mikro.

„Große Gefühle, ich liiiebe es." Von der klatschenden Bestätigung getragen, plappert sie weiter und gibt sich einen Ruck. Jetzt oder nie. „Ich hatte mich damals ebenfalls mit einer Geschichte beworben."

Eine Jubelwelle brandet ihr aus dem Publikum entgegen.

„Ich bin aber nicht genommen worden."

Ein gemeinschaftliches Ohhh ertönt aus den Reihen der aufgeheizten Menschenmenge.

„Madilein-Süße", verschafft sich Dieter Gehör. „Nun halt aber mal den Ball flach. Das gehört jetzt nicht hierher. Manche Texte passen eben und manche nicht. Und wo wir schon dabei sind, ich finde der Text von eben zwar super, mir ist der dennoch zu gefühlsdusselig. Aber fragen wir doch meine Kolleg…", er grinst zu Nella, „innen?", sagt er und zeigt ihr seine strahlendweißen Zähne. „Wie seht ihr das? Ihr steht doch auf Kitsch."

„Diedilein-Süßer, mir gefällt so ne` Gefühlsduselei." Nella zwinkert Dieter zu.

Der hebt ergeben seine Hände.

Hallo, wer moderiert hier die Sendung? Madison knirscht mit den Zähnen, will sich die Führung nicht aus der Hand nehmen lassen. Schon gar nicht von diesem Möchtegern-Sonnyboy.

„Wenn der Schorsch jetzt nicht zustimmt, dann lasse ich einfach das Publikum abstimmen. Das ist sowieso demokratischer."

Lautstarkes Johlen übertönt Dieters Einwand, und Madison wittert ihre zweite Chance. Ein Erfolgsrausch beflügelt sie zur Höchstform. Sie nimmt das Rauschen ihres Blutes in den Ohren wahr, wie es durch ihre Adern pulsiert. Es lässt ihr Herz schneller schlagen. Vollgepumpt mit Adrenalin suhlt sie sich in ihrer Euphorie.

"Danke, Madd", grätscht Boy Schorsch unerwartet mitten in ihren Rausch hinein, „dass du gerade übernimmst, aber die Spielregeln, kannst du nicht ändern."

Nella und Dieter nicken zustimmend.

Das Publikum buht die Juroren aus.

Perfekt, denkt Madison, präsentiert einen filmreichen Flunsch und zieht ihre Geschichte aus der Hosentasche.

Da betritt Babsy Schönsee die Bühne, frisch geschminkt und mit strahlendem Lächeln.

„Aber …" Madisons Höhenrausch ist jäh beendet. Ungläubig starrt sie die Moderatorin an. Sie haben doch eben noch Magenkrämpfe gequält. Wie hat sie das so schnell in den Griff bekommen? Madison beißt die Zähne aufeinander.

Babsy breitet die Arme aus, als wolle sie das Publikum umarmen. Die Band setzt sofort zu ihrer Auftrittsmusik an.

„Ihr Lieben, das ist live! Unvorhergesehene Dinge passieren. Einen großen Dank an Madison Johnson für ihr Einspringen. Maddi, wir sind sooo stolz auf dich. Das ist DEIN APPLAUS."

In Madisons Ohren verklingt das euphorische Rauschen und wird vom tosenden Beifall ersetzt. Nur zögerlich lässt sie sich von Babsy von der Bühne schieben.

Hinter den Kulissen fällt sie in sich zusammen. Eben war sie die Queen, und jetzt ist sie erneut nur die Kleine mit den orangefarbenen Haaren. Es nimmt sie keiner ernst. Ihre Zähne malen. Das werden sie bereuen.

Von der Bühne her hört sie dumpf die Stimme der Moderatorin. „Weiter im Programm. Schorsch, it`s your turn. Zeig uns deine Bewertung. Die nächste, zugegeben etwas ungewöhnliche Protagonistin wartet schon.“

Von Anja Ziegler und Sina Land

Die Treib-Sanduhr

„Sie ist zu schwer. Ich schaff das nicht", krächzte die kleine Möwe.

Das von der Elbe angespülte Ding fiel in den Sand und rieselte munter weiter. Die Sanduhr hatte Schlagseite, und dennoch bahnten sich die winzigen Sandkörnchen ihren Weg.

Sie betrachtete die Sanduhr und pickte in das Glas, packte die Fassung mit dem Schnabel, im Begriff damit abzuheben. Doch zum wiederholten Male klappte der Abflug nicht, und der Zeitmesser fiel erneut. Wut durchflutete die kleine Möwe, sie flatterte auf und umkreiste kreischend die gestrandete Uhr.

„Warum schreist du so?" Jonas, die Elster, hopste näher. „Du hast eine schöne Sanduhr. Ist sie nicht zu schwer für dich?"

Die kleine Möwe landete und schimpfte weiter. „Das weiß ich selbst, aber ich kann nicht mit leerem Schnabel in das Nest zurückkehren. Ich habe ein Mitbringsel versprochen."

„Ich könnte dir helfen." Die Elster hüpfte um die kleine Möwe herum und starrte gierig auf die Sanduhr.

Sie schaute Jonas misstrauisch an. „Du bist nicht für deine Hilfsbereitschaft bekannt."

„Ach, weißt du, heute ist einfach ein schöner Tag. Also hör zu, was hältst du von einem Tauschhandel?"

Die kleine Möwe lugte zu Jonas und dann zur Sanduhr und überlegte.

„Ich höre."

Er hüpfte näher an sie heran und flüsterte: „Siehst du die vielen Leute dort an dem Holzhäuschen? Was hältst du von einem saftigen Rollmops?"

Von nur_maro

Kinderalarm

Die Möwe fliegt

nach draußen, und alle warten gespannt auf die nächste Tauschgeschichte. Nach der Anmoderation reckt Boy Schorsch den Hals. Es kommt niemand auf die Bühne. Nicht schon wieder, jammert er innerlich. Doch dann bemerkt er erst, dass Babsy ins Publikum deutet.

„Max und Lara", trällert sie und breitet die Hände aus. „Sie sitzen bei ihren Eltern, sind zu jung, um zu dieser Uhrzeit auf der Bühne zu stehen."

Die Jurorin verrenken sich die Hälse, bis Schorsch bemerkt, dass die Bilder der Kinder live auf der Leinwand gezeigt werden. Er nickt seinen Kollegen zu und zeigt nach vorne. Doch Dieter ist nicht zu sehen. Mit dem Kopf steckt er halb unter seinem Tischchen mit den Bewertungskarten und hantiert an einem Fläschchen herum. Was macht er da?

Er verpasst Nella einen rauen Rippenstoß und zeigt in Didis Richtung.

Die hüpft von ihrem Stuhl auf, nur um sich gleich darauf erneut zu setzen. „Was treibste da? Wat machste da mit die Tröpfchen?", flüstert sie zu

Dieter hinüber. „Willste Madison mit einem Schoppen vergiften? Die is' doch schon wieder abjeflogen."

Dielen zuckt zusammen und stößt sich den Kopf am Tisch.

Schorschi reibt sich über die Schläfen. Wenn das so weitergeht, dann zerstören wir uns selbst und nicht denjenigen, der es auf die Sendung abgesehen hat. Damit findet diese Show nie ein Ende. Geschweige denn, dass wir einen Sieger für den Film küren.

Endlich taucht Dieter unter dem Tisch hervor. Seinen Kopf reibend, zeigt er ihnen ein braunes Fläschchen. „Zur Nach- und zugleich zur Vorsorge", sagt er und tröpfelt für alle sichtbar etwas in seinen eigenen Tee, auf den er umgestiegen ist.

Von Anja Ziegler und Sina Land

Pfützenspringen

Der kleine Max

hüpft neben Lara her
Der Regen prasselt in die Pfütze
Das gefällt den beiden Rackern sehr
Doch er hätte gerne noch eine Stütze

Ich muss mit meiner Oma ständig singen
Sagt Max und dabei hätte er furchtbar gerne
Einen Opa für sich zum Pfützenspringen
Doch das liegt leider in weiter Ferne

Lara lacht und sagt, lass uns tauschen
Fürs Singen brummt mein Opa viel zu viel
Das verpasst mir in den Ohren ein Rauschen
Ich schenk ihn dir, was für ein tolles Spiel

So kommt's, dass ein kleiner und ein großer Mann
Des Nachts durch Regenpfützen springen
Lara die Hymne von Max' Oma singen kann
Und die Tauschereien glückliche Gesichter bringen

Von Sina Land

Magen-Darm-Virus

Max und Lara

hatten ihr Gedicht auswendig vorgetragen. Jeder einen Absatz. Bloß einmal ist der Kleine hängengeblieben, doch seine Partnerin hat ihm resolut den Text eingeflüstert, sodass er gleich wieder weiterwusste.

Das Publikum ist wie erwartet begeistert. Dieter kennt den Kindchenbonus. Die Kleinen kassieren die höchste bisher vergebene Punktzahl. Damit hat er gerechnet, und um die Einschaltquoten braucht er sich damit nicht zu sorgen. Was ihn indessen wurmt, ist, dass Nella seine Tropfen entdeckt hat. Dann aber klopft er sich innerlich auf die Schulter, dass er so schnell eine Erklärung parat hatte. Madison vergiften … Er schmunzelt und sieht just vor seinem inneren Auge eine völlig andere Madison. Er denkt sich das Orange in ihren Haaren weg, verpasst ihnen eine blonde Färbung. Dazu ein ganzes Stück mehr Länge. Da geht ihm ein Licht auf. Er wusste doch, dass sie ihm bekannt vorkommt. Hieß sie bei der damaligen Sendung nicht Sally, als sie unbedingt ihre Geschichte loswerden wollte? Ist es genau umgekehrt und sie will IHN vergiften? Er war es,

der ihre Geschichte abgewinkt hat. Will sie sich dafür rächen? Deshalb die Maskerade? Und darum die Flirterei mit ihm? Um ihn ins Bett zu zerren und ihn mit einem Eispickel im Rücken aufwachen zu lassen?

Jasmin tritt mit einer rosaroten Sonnenbrille auf die Bühne. Sie ist die nächste Protagonistin und reißt ihn aus seinen düsteren Gedanken. Es schüttelt ihn durch. Dann erst fällt sein Blick auf Babsy. Sie sieht trotz der aufgefrischten Schminke aus, als hätte ihr sein Tee nicht sonderlich gemundet. Er wollte ihr nur helfen, doch der Schuss ging nach hinten los. Jetzt ist sie davon überzeugt, dass hier alle Getränke vergiftet werden, obwohl er ihn höchstselbst für sich gekocht und mit den Tropfen zubereitet hat. Hoffentlich plaudert sie nicht gleich ihr Weltuntergangsszenario aus. Obwohl, für die Show und den Film bringt das gewiss eine Menge zusätzliche Publicity. Am besten, sie erzählt vor laufender Kamera, dass jemand das im Studio ausgeschenkte Cola light vergiftet hat. Ihm ist es nur recht. Solange der Rubel rollt, ist alles bestens.

Der Produzent ist offenbar seiner Meinung, ansonsten hätte er bei dem ganzen Desaster längst eingegriffen und die Show abgebrochen.

Babsy schwankt auf der Bühne und setzt sich kurzerhand statt der Protagonistin auf den Barhocker. Jasmin trägt ihr Gedicht im Stehen vor.

Von Anja Ziegler und Sina Land

Verblendete Sicht

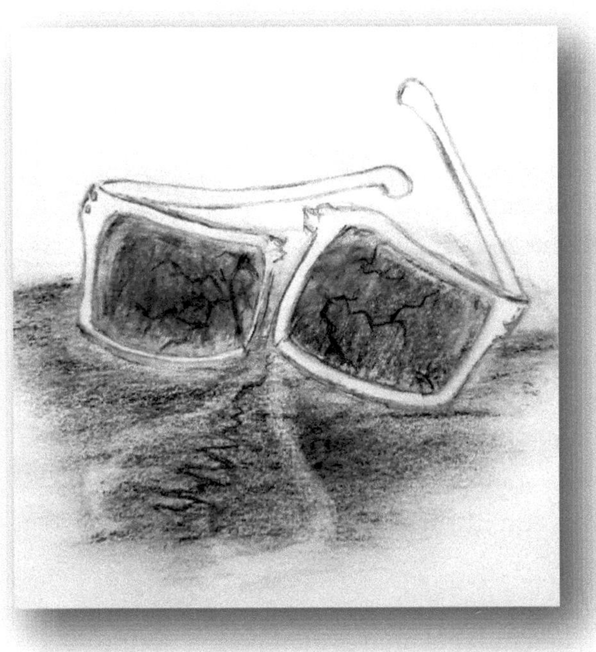

Wer hat nur

diesen Spruch erfunden
Lieber allein als gemeinsam einsam`
Dem gehört doch glatt die Stirn verbunden
Der Spruch ist blöd und einfach peinsam

Groß war anfangs die Liebe und so schön
Erhebend war sie und machte mich glücklich
Jetzt muss ich pikanterweise gestehn
Ich bin vollkommen verwirrt und blick`s nich

Du schwörtest mir ewige Liebe
Am Gipfel war's, beim Wandern
Dabei sprossen bloß deine Triebe
Weg von mir und hin zu der andern

Vielleicht lag`s an der gleißenden Sonne
Dass ich meinen Willen verlor
Das Licht war wie die grelle Wonne
Ich zog schnell die dunkle Brille hervor

Damit kann man nicht sehen
Was um einen herum passiert
Und jetzt muss ich leider gehen
Mein Paket ist schon geschnürt

Die Brille muss weg
Mit ihr leid ich nur Not
Ich tausche sie keck
Gegen eine in Rosarot

Von Anja Ziegler

Verstimmung

Die Make-up-

Praktikantin steht hinter der Bühne und wischt sich die Tränen von der Wange. Sie ist vollkommen am Ende mit ihrer Kraft. Nur nicht nachdenken, redet sie innerlich auf sich ein, um weiter durchzuhalten. Hier wuselt es wie in einem aufgescheuchten Ameisenhaufen. Die Crew-Mitglieder kommen und sind bald darauf erneut verschwunden. Sie werden ausgetauscht, wie verblühte Rosen. Einer nach dem anderen übergibt sich oder verschwindet wegen Durchfall auf nimmer wiedersehen zu der Toilette. Eine weitere Maskenbildnerin ist aus einem parallellaufenden Projekt abgezogen worden, die sie jetzt zum Glück unterstützt. Zusätzlich warten zwei Kameramänner von einem Serienformat auf ihren Einsatz. Sie ist bisher nicht dazugekommen, etwas zu trinken. So greift sie nach dem Wasserglas. Doch die Ersatz-Make-up-Artistin reißt es ihr aus der Hand, bevor sie in der Lage ist, es komplett anzuheben.

„Nicht!", sagt sie mit solch durchdringender Stimme, dass die Hälfte der Flüssigkeit über den Rand schwappt. „Das Wasser ist nicht in Ordnung."

„Wie? Ich dachte, das sei ein Virus. Wir laufen hier alle mit Maske herum.“

Die Aushilfe zuckt mit den Schultern. Übernimmst du Katherina, dann besorge ich uns was Bedenkenloses vom Kiosk.

Eifrig nickt sie, wischt sich über die Augen, richtet sich auf und legt der nächsten Protagonistin die Haare für ihren Auftritt zurecht. In dem Moment hört sie seltsam schräge Töne. Die Band spielt um diese Zeit normalerweise einen Zwischensong, und an die Leinwand wird das Bild für Katharina projiziert. Doch die Gitarre scheint in ihren Ohren nicht recht zum Rest der Instrumente zu passen. Ihre Begleitung klingt, als wären die Saiten vollkommen verstimmt. Der Bass hört sich nicht besser an, mehr so, als hätte sich der Musiker vergriffen. Klavier und Schlagzeug klingen als Einzige perfekt gestimmt. Was ist nur los heute, fragt sie sich? Ob die Band ebenfalls an einer Magenverstimmung leidet? Sie lugt vorsichtig um die Ecke, wo sie den Bassisten sein Instrument stimmen sieht. Geistesgegenwärtig nickt sie Katherina zu und schiebt sie eilig hinaus auf die Bühne.

Von Anja Ziegler und Sina Land

Griechenland

Katharina

sah sich in der kahlen Sporthalle um. Wie gerne säße sie jetzt vor ihrem Zelt und bewunderte den Sonnenuntergang. Sie hatte sich so auf ihren Urlaub gefreut und genoss das allabendliche Farbenspiel. Doch heute war der glutrote Abendhimmel genau das: glutrot. Die Sonne versank in einem Meer aus alles verzehrenden Flammen, eingehüllt in dichte schwarze Rauchschwaden.

Das Feuer hatte sie vertrieben. Geflüchtet war sie wie Hunderte andere und fand sich nun an diesem scheinbar sicheren Ort. Ein paar Matratzen, Sportmatten und Feldbetten bildeten ihre Lager. Ihr war kalt, und sie fühlte sich verloren. Verloren in einem Land, in dem sie niemanden näher kannte.

„Hey!"

Sie sah auf und in die warmen Augen von Dimitrios, dem Kellner von Stavros' Bar, die sie ein paar Mal besucht hatte. War er ebenfalls gestrandet?

„Gut, dass du hier bist. Die Sporthalle ist sicher. Die Bar ist leider voll belegt mit Stavros' Verwandtschaft. Aber ich dachte, du könntest vielleicht einen Schlafsack gebrauchen. Ich wusste ja nicht, was du retten konntest.“

Katharinas Blick fiel auf den kleinen Rucksack, den sie in aller Eile mit dem Wichtigsten vollgestopft hatte. Dimitrios’ Schlafsack war ein Geschenk des Himmels. Sie lächelte ihn dankbar an.

„Da! Da ist es ja, dieses wunderschöne Lächeln! Dafür tausche ich gerne den Schlafsack ein. Wenn du möchtest, kannst du morgen mit mir nach Athen fahren. Stavros macht die Bar bis auf Weiteres dicht. Ich besuche meine Familie, und wir haben immer ein Zimmer für Gäste frei. Ich würde mich unheimlich freuen, wenn du erst deinen ursprünglich vorgesehenen Flug zurück nach Deutschland nimmst und solange bei uns bleibst. Und mir hin und wieder dein hinreißendes Lächeln zeigst.“

Katharina wurde warm ums Herz. Die Kälte war vergessen. Selbst den Schlafsack hätte sie jetzt nicht mehr nötig.

Von Donata Schäfer

Produzentenfreuden

Schmunzelnd

sitzt der Produzent der GAMBIO-Filmstudios im Nebenraum und sieht sich über einen Monitor an, wie Danilo und Gerti ihr Gedicht auf der Bühne performen. Mit Sonnenbrillen und Hüten jonglieren sie um Babsy herum.

„So schnell lassen wir uns nicht kleinkriegen", murmelt er, einen Zigarillo im Mundwinkel. „Was auch immer sich die Konkurrenz ausdenkt, um uns mürbe zu klopfen, wir meistern das. Unser Personal ist multitaskingfähig. Gut … die Band hat noch ein paar Probleme, sich aufeinander einzuspielen." Er verzieht das Gesicht, als einer von ihnen außerhalb des Takts spielt. Drei der Musiker hat er gegen Requisiteure getauscht. Das perfekte Timing fehlt, aber das wird sich gewiss beim nächsten Auftritt geben.

Jäh verengt er die Augen. Ist das nicht Nella, die eben auf der Bühne herumhopst und damit die angeschlagene Babsy unterstützt? Kurz zuckt der Gedanke durch sein System, dass sie diejenige ist, die Frau Schönsee außer Kraft setzt, weil sie sich in der Rolle der Moderatorin wohlerfühlt als in jener der Jurorin.

Warum ist er nicht selbst darauf gekommen, eine solche Aktion zu inszenieren? Wäre er nicht so grundsolide, wären die Beteiligten gewiss der Meinung, dass er das Drama hier inszeniert hat. Klar … der Einschaltquoten wegen. Dreht es sich in diesem Geschäft um irgendetwas anderes als die Gunst des Zuschauers und die Einnahmen der Werbefirmen, die das komplette Spektakolo finanzieren?

Er reibt sich die Hände. Die werden sich allesamt wundern. Die Quoten werden in die Höhe schnellen.

Von Anja Ziegler und Sina Land

Einsamkeit

Es läuft

ein Mann durch die dunklen Gassen
Dabei ist es doch bislang hell am Tag
Die Sonnenbrille würde ihm Schutz verpassen
Wenn nicht seine Sicht dadurch im Argen lag

Eine Frau rettet ihn in letzter Sekunde
Vor dem Einschlag am Laternenpfahl
Dabei hat er durch die Hitze seit einer Stunde
Kopfschmerzen, und das nicht zum ersten Mal

Er bedankt sich recht freundlich für die Rettung
Setzt seine Brille ab und seufzt tief auf
Er sieht ihr Blinzeln, erkennt die Verkettung
Und das Tauschen nimmt seinen natürlichen Lauf

Sie streckt ihm ihren Hut entgegen
Von ihm holt sie sich die Brille und lacht
Das ist für sie beide ein großer Segen
Weil der Tausch so absolut mehr Sinn macht

Der Hut wirkt seinem Kopfschmerz entgegen
Die Brille für sie, um die Sonne zu vermeiden
Und wenn es für die Liebe zusätzlich
kommt gelegen
Gehört die Einsamkeit in die Vergangenheit
bei beiden

Von Sina Land

Rollereinlage

Die Showtür

wird mit einem eindrucksvollen Crash und einem ohrenbetäubenden Geknatter aufgestoßen, und ein älterer Herr, der einem Werbespott für Pensionszusatzversicherung entsprungen sein könnte, rattert auf die Bühne. Auf dem Rücksitz die strahlende Babsy. Da sie übermütig jauchzt, nimmt der Ersatzkameramann an, dass sie sich von ihrer Übelkeit nun endgültig erholt hat und er die offizielle Erlaubnis des Obermufftis hat, wieder näher an sie heranzuzoomen. Die beiden Roller-freaks drehen eine Runde durch das Studio. Elegant schwingt sich Babsy, trotz der schwindelerregend hohen Pumps, vom Roller und stellt Willibald vor, der gleich darauf seinen Text vorträgt. Unter den Klängen von „Born to be wild" düst auf der Leinwand eine Motorradgang durch die Highways. Das ist nach seinem Geschmack. Endlich mal Action auf der Bühne. So liebt er seinen Job und ist obendrein fähig zu zeigen, was er draufhat. Das haben die von ‚Contra-8-TV' längst verstanden. Nicht umsonst sind die Studioleute auf ihn zugekommen, um seine Wenigkeit als Spürhund hier einzuschleusen.

In dem Moment reißt ihn Frieda, die die Bühne betritt, aus den Gedanken. Ihre Schwierigkeiten beim Laufen verraten ihr betagtes Alter. Zwischen den Zähnen trägt sie eine Blumenzwiebel, wie früher die Verehrer einen Rosenstiel für die Liebste. Im Hintergrund ist jetzt das Bild mit Willibald und einer Bäckereifachverkäuferin zu sehen. Er hält drauf.

Von Anja Ziegler und Sina Land

Opa Willibald

Opa Willibald

sitzt auf dem Roller und fährt übers Land. Er grinst breit und blinzelt unter dem Helm hervor der Sonne entgegen. Was für ein erhebendes Gefühl, so unterwegs zu sein. In seiner Jackentasche knistert es bei jedem Windstoß, den seine Silhouette streift. In dem Moment ist es, als wäre er Oma Frieda gedanklich äußerst nah. In der Realität dagegen verbringt sie den Herbst lieber auf Grand Canaria, als mit ihm auf dem Roller die letzten, wärmenden Sonnenstrahlen zu genießen. Das Vermissen bemerkt er sogar in seinem Magen, und er wünscht sich sehnlichst, sie würde morgen mit ihm gemeinsam im Garten frühstücken. Wenn es von so großer Bedeutung für sie ist, Dinge herumstehen zu lassen, dann nimmt er sogar ihren im Weg stehenden Rollator in Kauf. Er würde darüber hinwegsehen.

Flott biegt Willibald um die Kurve beim Bäcker und hält auf dem Parkplatz an. Ein Brötchen mit Sonnenblumenkernen ist ihm im Sinn. Nur leider wird er es heute Abend nicht mit seiner Frieda teilen.

„Das macht achtzig Cent", sagt die Verkäuferin und lächelt ihn an. „Ist gar nicht wert, dass ich die Kasse öffne."

Willibald greift in seine Jacke und holt ein knisterndes Etwas hervor.

„Oh", sagt die Geschäftsfrau, „eine Blumenzwiebel. Was macht die denn in Ihrer Tasche? Wollen Sie damit bezahlen?" Ihr herzhaftes Lachen ist dermaßen ansteckend, dass sich seine Miene ebenso aufhellt.

„Die Tulpenzwiebel ist von meinen Enkelkindern. Wie wäre es mit einem Tausch?" Er grinst verschmitzt.

Sie zieht die Augenbrauen hoch und schaut ihn ungläubig an.

„Ich leg noch eine Spritztour auf dem Roller obendrauf."

Von Sina Land

Oma Frieda

Auf Gran Canaria

sitzt Oma Frieda mit einem Cocktail in der Hand in einem Sonnenstuhl. Ihre Zähne schaben auf dem Gebiss herum. Wenn nur ihr Willibald nicht so stur wäre! Wie viele Jahre haben sie bisher den Winter im frostklirrenden, ungemütlichen Deutschland verbracht? Ist es ihm nicht möglich, einmal im Leben mit ihr woanders hinzufahren? Dorthin, wo es weder Schneeflocken noch Frostbeulen gibt.

„Kaffeepause?", fragt sie der adrette Herr von Zimmernummer einhundertzwanzig.

Frieda verkneift sich ein Seufzen und lächelt. „Ja, gerne. Aber nur mit einem Erdbeerkuchen dazu", erwidert sie mit erhobenem Finger, selbst wenn die Beeren um diese Jahreszeit sicher aus dem Tiefkühlfach und nicht von der Erdbeer-Plantage stammen.

„Mit Schokoladenstreusel darauf!", schwärmt ihr Verehrer.

Sie schmunzelt, lässt sich von ihm aufhelfen und hakt sich unter. So elegant es den beiden möglich ist, schlendern sie zur Taverne, ohne die sonst benötigte Gehilfe. Auf ihrem Fußmarsch sieht sie gedanklich ihren lebensunfähigen Gatten

Willibald, der sich von seinen Enkeln mit Essen versorgen lässt und sich mit dem Rollstuhl durch die Gegend schiebt, weil er über seinen Gehstock gefallen ist. Geschieht ihm recht! Steht der Stock doch ständig an der Haustür herum anstatt an der Garderobe, wo er aus dem Weg wäre.

Den Fuß schon an der Schwelle zum Kaffee, bimmelt Friedas Handy. Sie stutzt, zieht es aus der Tasche ihrer luftigen Bluse und starrt keine Minute später auf ein Foto, das ihr Enkelsohn Florian geschickt hat. Darunter steht: „Oma, du musst nach Hause kommen, Opa dreht vollkommen durch."

Mit offener Kinnlade schüttelt sie den Kopf. Willibald thront auf ihrem Roller, die Hände am Lenker, die Beine von sich gestreckt, als wäre er fünfzehn. Eine Sonnenbrille unter dem Schalenhelm auf der Nase wie ein Rocker und ein Lachen im Gesicht wie ein frisch Verliebter. Hinter ihm sitzt die Verkäuferin von der Bäckerei. Ihre Haare fliegen im Wind und sie umklammert ... ihren Willibald! Zwischen den Zähnen dieser Verräterin blitzt eine Blumenzwiebel hervor, als wolle sie diese verspeisen.

„Das darf doch nicht wahr sein!", stöhnt sie und lässt sich auf den nächstbesten Stuhl sinken. „Das ist meine Tulpenzwiebel, die ich mit den Enkeln getauscht habe! Na warte ..."

Von Sina Land

Angriffslust

ganz doll hier", meckert Dieter. „So vom Schauspiel und der Performrmänz, aba ihr wisst schon noch, dass es hier um Täxte geht, nich immer nur Show und so." Hoffentlich klappt gleich der Nächste zusammen, ansonsten bleibt es erneut an ihm hängen, für Drama zu sorgen.

„Das stimmt", grätscht Nella dazwischen. „Babsy, da hättest du bremsen müssen, schließlich gibt es dafür ja unser Regelwerk."

Dieter steht der Mund offen. Sie kennt den Ablauf und das Vorgehen. Weiß, dass die Moderatorin null Einfluss auf die Bühnenshow hat. Ist das eine persönliche Fehde?

„Die Show war zwar klasse, dennoch weiß ich nicht mehr, was ihr vorgetragen habt. So sehr hat mich das alles abgelenkt. Für mich ist das ein Fall für den Jokertopf." Nella zückt das entsprechende Kärtchen mit dem GAMBIO-Logo drauf.

Energisch protestiert Frieda von der Bühne aus. „Ach so! Ich denke, wir sind hier bei einer TV-Show. Da kann man doch nicht nur herumsitzen und Texte lesen. Wer guckt denn so etwas schon an?

Da braucht es doch Action und Bewegung auf der Bühne."

Applaus und zustimmendes Gegröle branden auf.

Willibald versucht, seine Frieda zu beruhigen.

Doch sie ist jetzt in Fahrt und nicht zu bremsen. „Du Schürzenjäger, denkst wohl, dass dich jede Frau anhimmelt? Ich sage dir, das ist lange vorbei. Auch du bist inzwischen ein alter Knacker und kein Teeny." Mit einem Ruck dreht sie sich zu Dieter. „Und du bist auch nicht besser!" Sie steigt von der Bühne und läuft erstaunlich schnell auf den Juror zu. Ihre Handtasche schwingt dabei bedrohlich, als hole sie zum Kugelstoßen aus.

Dieter duckt sich unter sein Tischchen.

Geistesgegenwärtig springt Nella auf und stellt sich heldenhaft vor seinen Sessel. Leider erwischt sie die Tasche nicht mit den Händen, um das Geschoss abzuwehren. Es landet mit einem satten Rums auf ihrer Stirn.

Dieter blinzelt über den Tisch hinweg.

Aus einer unschönen Platzwunde sickert Blut hervor.

Sekunden später eilt ein Sanitäter auf die Bühne und kommt der geschockten Nella zu Hilfe. Willibald versucht erneut, seine Frieda zu bändigen und durch die Showtür zu schieben.

Dieter sieht Babsy zum ersten Mal sprachlos. Zwar hält sie ihr Mikro vor den Mund, dennoch gibt sie keinen Ton von sich. Ist er ihr doch nicht vollkommen egal. Schnell übernimmt er die Moderation. Das Publikum versteht offenbar nicht, ob das Geschehen eine geplante Showeinlage oder eine live entgleiste Tauschgeschichte darstellt. Manche lachen, andere schauen ratlos zu ihnen herunter. Da kündigt eine Lautsprecheransage die Werbepause an.

Von Anja Ziegler und Sina Land

Ein Vampir ohne Zähne

Das darf doch

alles nicht wahr sein! Zuerst entdecke ich ein ozongroßes Loch in meiner Hose, und dann das! Ich bin spät dran und stehe da wie der letzte Idiot. Was mache ich denn jetzt nur? Ich versuche, mich zu beruhigen, und noch mal ganz in Ruhe nachzudenken … Im Laden hatte ich sie in der Hand und bin damit zur Kasse gegangen … Ich bin mir sogar sicher, dass ich sie bezahlt hatte. Und dann … ach, verflixt! Auf einmal fällt es mir wieder ein: Frau Schmidt aus dem Blumenladen hat mich entdeckt, und wir waren so in unser Gespräch vertieft, dass ich die Vampirzähne an der Kasse liegen gelassen habe. Ich werfe einen Blick in den Spiegel und sehe in mein gespenstweißes Gesicht. Mein schwarzes kurzes Haar ist mit reichlich Gel toupiert, wie es sich für Dracula gehört, und um meinen Mund verteilt sich blutrote Farbe. Aber das Dracula-Gebiss fehlt, und das regt mich auf. Die Supermärkte schließen gleich, und in diesem Aufzug gehe ich sicher nicht mehr einkaufen.

Außerdem wird Marlene, meine Verabredung für den heutigen Abend, auch bald da sein. Sie bestand darauf, mich abzuholen, weil sie der Meinung ist, dass eine Frau einen Mann ebenso gut zum ersten Date chauffieren kann. Ganz modern. Aber zudem auch praktisch. Jetzt, wo mein Wagen in der Werkstatt steht … Ein Blick auf die Uhr verrät, dass ich noch eine halbe Stunde Zeit habe, um mir etwas einfallen zu lassen. Marlene hat mich fünf Mal an die Zähne erinnert und mehrfach betont, dass sie fest entschlossen ist, den Kostümwettbewerb der diesjährigen Halloweenparty zu gewinnen. Und ohne die Vampirzähne sind wir bei der großen Konkurrenz sicher raus aus der Wertung. Die Zähne seien somit lebenswichtig … Ich habe so lange gebraucht, um meine Traumfrau endlich zu einem Date zu überreden, und jetzt das! Wenn sie mich am Ende wirklich wegen nicht vorhandener Vampirzähne abserviert … das wäre ja albern! Die Aktion würde sie nicht bringen … oder etwa doch? Das plötzliche Klingeln an der Haustür unterbricht mein Gedankenkarussell. Weil durch den Spion niemand zu sehen ist, öffne ich die Tür einen Spalt breit und erkenne die kleine Sophie von gegenüber. Na ja, genaugenommen wohnt nicht sie auf der anderen Straßenseite, sondern ihre Großeltern. Vermutlich wird sie wieder das Wochenende bei ihnen verbringen.

„Ja?", sage ich, ohne die Tür weiter zu öffnen. In diesem Aufzug sollte mich bis zur Party eigentlich keiner sehen.

„Hallo, Sebastian."

„Hallo, Sophie, es ist gerade schlecht. Könntest du morgen wiederkommen?"

„Aber meine Oma hat gesagt, ich soll fragen, ob wir dein Zelt ausleihen können. Das gelbe."

„Sophie, ich habe jetzt wirklich keine Zeit, das Zelt rauszusuchen. Ich bin gerade sehr gestresst."

„Warum?", fragt die Kleine neugierig. „Bist du krank?"

„Nein …", antworte ich gereizt, weil mir die Zeit davonläuft.

„Warum versteckst du dich dann hinter der Tür?"

Hitze steigt in mir auf, und ich zögere kurz, beschließe dann aber die Tür komplett zu öffnen. Genervt und peinlich berührt, stehe ich vor der Siebenjährigen und fühle mich wie ein lächerlicher Clown.

Ich habe erwartet, dass sie sich gruselt. Aber Sophie schaut mich völlig unbeeindruckt an und fragt: „Warum verkleidest du dich?"

„Weil ich auf eine Kostümparty gehen werde."

„Auf was für eine Kostümparty?"

Ich verdrehe die Augen und antworte so geduldig wie möglich auf ihre Fragen, aber die Uhr tickt, und es ist noch immer keine Lösung in Sicht. „Ich gehe auf eine Halloweenparty, und deswegen sehe ich wie ein Vampir aus."

„Und wo sind deine Zähne?" Verdutzt schaue ich auf die Enkelin meiner Nachbarn herab.

„Wie bitte?"

„Ein echter Vampir hat spitze Zähne. Wo sind deine?"

„Ich habe keine ...", presse ich durch zusammengebissene Zähne heraus. Weil sie Recht hat und die Verzweiflung in mir immer weiterwächst. Eine Mischung aus Hitze und Panik macht sich bemerkbar. Wo soll ich auf die Schnelle noch ein Gebiss herbekommen? Herrgott noch mal! Was ist denn ein Vampir ohne seine Zähne?

„Mein Opa hat eins, das gibt er dir bestimmt ..."

„Wie?" Ich denke kurz nach. "Ach, stimmt ja! Deinem Opa gehört doch der Kostümverleih-Laden um die Ecke."

„Jaaa! Und zu Hause haben wir auch ganz viele Sachen." Auf einmal habe ich eine Idee! Und zwanzig Minuten bleiben mir noch.

„Sag mal, Sophie, wofür braucht ihr eigentlich mein Zelt? Es ist doch inzwischen zu kalt zum Zelten."

„Oma und Opa wollen mit mir im Wohnzimmer campen. Dafür brauchen wir dein gelbes Zelt. Das ist klein. Opas Zelt ist zu groß", erklärt sie.

Ich gehe in die Hocke, um mit Sophie auf Augenhöhe zu sprechen. "Okay, Kleine, ich mache dir einen Vorschlag: Was hältst du davon, wenn du mir die Zähne von deinem Opa bringst, und dafür gebe ich dir das Zelt? Wir tauschen …"

Sie nickt eifrig, und ihr Gesicht strahlt. Als sie lächelt, kommt eine große Zahnlücke zum Vorschein, weil ihre beiden oberen Schneidezähne fehlen.

„Weißt du denn, wo der Opa die Vampirzähne aufbewahrt?"

Sie schüttelt den Kopf. „Nein. Und der Opa musste sich eben kurz hinlegen. Den kann ich nicht fragen, aber die Oma weiß das bestimmt."

„Okay, dann frag sie nach dem Gebiss und komm schnell wieder zurück, damit wir tauschen können. Ich suche solange das Zelt."

In Nullkommanichts dreht sich die kleine Sophie um und rennt los. Ich schließe die Tür und springe vor Freude im Kreis. Wie viel Glück kann man eigentlich haben, wenn man gerade gefühlt von der größten Pechsträhne verfolgt wird? Schnell gehe ich zu meiner kleinen Rumpelkammer und suche das gelbe Zelt heraus. Als ich fündig werde, klingelt es erneut. Das muss Sophie mit den Zähnen sein. Als ich ihr die Tür öffne, lächelt sie mich an und hält mir mit stolzgeschwellter Brust eine blaue Box entgegen. Sieht ein bisschen aus wie die, in der ich früher meine Zahnspange aufbewahrt habe.

„Danke, Sophie! Und entschuldige, dass ich vorhin so unhöflich zu dir war. Ich war gestresst, weil ich keine Vampirzähne hatte, aber du hast mir sehr geholfen."

„Schon gut", antwortet Sophie achselzuckend und nimmt strahlend das Täschchen entgegen, in dem sich das gelbe Zelt inklusive Zubehör befindet.

„Kannst du das tragen, oder ist dir das zu schwer?", frage ich. Sie nickt erst und schüttelt dann den Kopf. „Was nun?"

„Ist nicht schwer", sagt sie und bedankt sich.

Ich schaue ihr nach, bis sie mit der Tasche sicher die Straße überquert hat, und schließe erleichtert die Tür. Marlene kommt jeden Moment, ich beeile mich lieber. Schnell gehe ich ins Badezimmer, um mein getauschtes Gut zu bewundern. Kurz wundere ich mich, dass Sophie mir die Vampirzähne nicht verpackt, sondern in einer Dose überreicht hat. Ich zucke mit den Achseln und öffne sie …

Das darf jetzt nicht wahr sein! Statt der Vampirzähne finde ich doch tatsächlich die Dritten von meinem Nachbarn darin. Vor lauter

Fassungslosigkeit pruste ich los. Ein Lachkrampf überrollt mich, und mein schallendes Gelächter erfüllt das komplette Badezimmer. Ich muss so lachen, dass mir der Bauch wehtut und mir die Augen tränen.

Als es wieder an der Tür klingelt, beschließe ich, Marlene alles zu erzählen. Und wenn sie wirklich die Richtige ist, dann werden wir gleich gemeinsam darüber lachen …

Von Maria Jimenez

Disco-Puls

Hinter Nellas

Stirn wummert es wie in einer Disco mit überlauter Musik. Das Pflaster ziept, und die Wunde pulsiert. Diese Frieda hat doch nicht im Auftrag von Babsy gehandelt? Hat das Getuschel der beiden auf der Bühne ihr gegolten? War das Eifersucht unter Moderatorinnen? Weil sie ihr letzthin eine Show vor der Nase weggeschnappt hat? Ihre Konzentration ist dahin, und die nächste performte Tauschstory fordert ihr alles an Kraft ab. Zum Glück hat sie stets ihre Zettel in der Hand, um die Quintessenz nachzulesen. Ein Vampir ohne Zähne, sinniert sie, und sowohl Dieter als auch Boy Schorsch halten schon ihre Bewertungen in die Kamera. Ob Babsy in ihrem Fall der Blutsauger ist und vorhat, sie bis auf die letzte Arterie auszusaugen? Steckt sie hinter den Brechdurchfällen, und ihre Kollegen hat es nur versehentlich erwischt? Hat sie das Essen manipuliert, und ist zusätzlich – sozusagen als Kollateralschaden in den falschen Händen gelandet? Aber was ist mit den anderen Ungereimtheiten?

Als sie zögerlich in die Kartenbox greift, drängeln Backstageleute auf sie zu. Einer bedeutet dem Ersatzkameramann, die Bühne anzuvisieren, um hier in Ruhe Getränke und Snacks auszutauschen. So deutet sie zumindest seine Gesten. Offenbar hat der Produzent sich um die Angelegenheit gekümmert. Ob er ebenfalls Babsy als Verursacherin im Visier hat? Die Lebensmittelbehörde ist inzwischen informiert, so sagte der Pausenclown während der Werbekampagne. Haben die Auswertungen der Lebensmittelproben etwas ergeben? Wird die Polizei eingeschaltet? Ihr ist alles recht, wenn nur Babsy sie nicht nach der Sendung erwürgt.

Ein Pärchen, die wie Romeo und Julia verkleidet auf der Bühne stehen, reißt sie aus ihren finsteren Gedanken. Nella schafft es kaum, sich zu konzentrieren, so sehr wummert es hinter ihrer Stirn. Was hatte diese Frieda nur in ihrer Handtasche? Ziegelsteine?

Von Anja Ziegler und Sina Land

Alles für die Freundschaft

„**N**un sieh doch

endlich nach!", kommt es von meiner besten Freundin Avery ungeduldig. „Du hast die Rolle ganz bestimmt bekommen!"

„Glaubst du das wirklich?", frage ich verunsichert. Auf diesen Tag habe ich schon seit Jahren hingearbeitet.

„Aber natürlich, Maddie! Du bist die geborene Julia, und bei deinem Vorsprechen waren alle Mucksmäuschen still. Das ist ein gutes Zeichen. Also, nun sieh endlich nach!"
Mein Herz rast, und meine Hände sind klatschnass. Jetzt kommt sie, die Stunde der Wahrheit. Der Traum von der Hauptrolle in unserem High-School-Stück Romeo und Julia ist für mich zum Greifen nah, aber ich habe Angst, dass dieser Traum nun zerplatzt. Ich wische mir die Hände an der Jeans ab, bevor ich mit dem Zeigefinger den Zettel an der Pinnwand entlangfahre, um nachzusehen, ob ich es geschafft habe.

„Und?" Avery greift nach meinem Arm. Ihre Nägel krallen sich in meine Haut, und als ich meinen Namen entdecke, halte ich für einen

Moment die Luft an. „Ich spiele die Julia!", kreische ich.

Avery kreischt mit, und wir hüpfen den Gang auf und ab. „Siehst du, Maddie? Ich hab doch gesagt, dass du die Rolle kriegst! Es ging einfach nicht anders." Meine Freundin umarmt mich herzlich. „Ich freue mich riesig für dich."

„Danke", bringe ich nur flüsternd heraus, weil sich ein dicker Kloß in meinem Hals bemerkbar macht und mir Tränen in die Augen schießen.

„Du hast es so verdient. Jetzt müssen wir unbedingt noch schauen, wer dein Romeo ist. Zeig mal her", sagt sie aufgeregt und reißt mir die Liste aus der Hand. „Romeo … Romeo … oh … nein."
„Was ist?", frage ich beunruhigt. „Wer ist es denn?"

Averys Blick wird traurig, und ihre Augen glänzen. „Es ist … Josh", antwortet sie im Flüsterton.

„Oh", bringe ich nur heraus. Josh … DER Josh. IHR Josh. Avery ist schon seit der Grundschule in ihn verliebt und hat sich bisher nicht getraut, den Angebeteten von ihren Gefühlen in Kenntnis zu setzen. Und nun stehen wir hier vor der Pinnwand, im Flur unserer High-School, und stellen fest, dass ich mit dem Schwarm meiner besten Freundin vor dem Publikum auf große Liebe machen soll. Dass ich ihn KÜSSEN werde … Nein, das darf nicht passieren. Auch wenn die Schauspielerei mein

Traum und dies eine der Herausforderungen ist, die das Schauspielern mit sich bringt. Aber das hier geht eindeutig zu weit.

„Ich mach das nicht", protestiere ich kopfschüttelnd.

„Was?", fragt Avery empört. „Wenn Josh den Romeo spielt, dann spiele ich nicht die Julia. Das bringe ich nicht übers Herz, Avery. Das kann ich dir nicht antun."

„Aber du redest seit zwei Jahren von nichts anderem, als davon irgendwann im High-School-Theaterstück die Julia zu spielen. Wir haben drei Monate intensiv geübt, und jetzt hast du die Rolle. Maddie ... ich finde die Vorstellung schrecklich, dass irgendjemand Josh küsst. Aber mir ist es lieber, du tust es auf dieser Bühne als eine Andere. Bei dir weiß ich wenigstens, dass es auf professioneller Ebene bleibt." Sie hält kurz inne. „Ich vertraue dir." Avery lächelt gezwungen. Obwohl ich ihr jedes Wort abkaufe, sehe ich den Schmerz in ihren Augen.

Mir ist unsere Freundschaft so wichtig, dass ich bereit wäre, auf meine Traumrolle zu verzichten, um einen Kuss mit ihrem Schwarm zu vermeiden. Und ihr bedeutet unsere Freundschaft so viel, dass sie mir mit Herzschmerz den Segen gibt, ihren

Schwarm auf der Bühne zu küssen. Es ist fast rührend, wenn es nicht so traurig wäre.

„Ich kann das nicht, Avery."

„Sei nicht blöd, Maddie. Es bricht mir das Herz, aber ich vertraue dir. Wirklich. Du hast diese Rolle verdient, und du rockst das." Wieder lächelt sie sanft. „Versprich mir, dass du die Rolle spielen wirst."

„Okay, wenn du wirklich damit klarkommst, dann mach ich's."

„Super!" Sie drückt mich fest an sich. „Jetzt müssen wir nur noch gucken, wen ich eigentlich spielen soll … Ah, da steht mein Name!"

„Und?", frage ich mit erwartungsvollen Augen.

„Die Amme", antwortet sie zufrieden.

„Cool!", erwidere ich. „Dann sollten wir die Pause nutzen, um etwas zu essen. Danach beginnt schon die erste Probe."

Nach der Pause versammeln wir uns vor dem Theaterraum.

„Kannst du Josh irgendwo entdecken?", fragt mich Avery im Flüsterton, und ich entgegne: „Noch nicht."

„Da ist er!", sagt sie aufgeregt, aber nach wie vor leise, damit keiner es hört. Ich sehe ihn ebenfalls vor der Bühne stehen. Unsere Blicke treffen sich kurz, ich schaue schnell weg. Als ich reflexartig noch mal

in seine Richtung linse, kommt er bereits direkt auf uns zu. „Hey, Maddie."

„Hi", grüße ich zurück.

"Hi, Avery" richtet er sich an meine beste Freundin und schenkt ihr ein kleines Lächeln.

Statt einem Hallo starrt Avery ihn nur mit geröteten Wangen an und nickt. Dabei grinst sie, als wäre sie total benebelt. Ich unterdrücke ein Schmunzeln, als er sich wieder zu mir dreht.

"Miss Reynolds möchte direkt mit uns die Sterbeszene proben. Kannst du deinen Text?"

Mit offenem Mund starre ich ihn an. Die Sterbeszene … die Kuss-Szene. Oh … nein! „Äääh … na klar!", krächze ich.

„Cool, dann sehen wir uns gleich auf der Bühne." Er lächelt mich freundlich an, bevor er Avery zunickt und sich mit „Bis dann" verabschiedet.

Wieder bringt sie kein Wort heraus und nickt nur grinsend wie ein Honigkuchenpferd. „O mein Gott! Josh hat mit uns geredet!", sagt sie aufgeregt.

„Ja, aber du nicht mit ihm."

„Ich war so überwältigt und … ein bisschen schüchtern", kontert sie.

„Du bist doch sonst nie zurückhaltend."

„Wenn es um Josh geht … anscheinend schon." Sie zuckt mit den Achseln.

Als wir hinter der Bühne stehen und ich mich auf meine Szene einstimme, geht es mir schlecht. Die Julia zu spielen, fühlt sich vollkommen falsch an, wenn der Traumtyp meiner besten Freundin den Romeo spielt. Auf keinen Fall küsse ich ihren Schwarm! Auch, wenn es nur gespielt ist …

„Avery, geh du auf die Bühne!", zische ich.
    „Wie bitte?"
    „Ich sagte, geh auf die Bühne!"
    „Aber ich bin doch noch gar nicht dran", entgegnet sie im Flüsterton.
    „O doch! Du spielst die Julia. Und ich werde die Amme übernehmen. Wir tauschen die Rollen."
    „Meinst du das Ernst?"
    „Absolut. Avery, für keine Rolle der Welt küsse ich den Kerl, in den du verliebt bist. Das kann ich nicht. Also los, du kennst den Text ebenfalls auswendig. Schnapp ihn dir!"
    „Du bist die beste Freundin, die es gibt", sagt sie mit glänzenden Augen und umarmt mich ganz fest. Sie atmet tief durch und betritt entschlossen die Bühne, wo ihr Romeo bereits auf sie wartet …

Von Maria Jimenez

Wasserflaschen

Madison Johnson

steht hinter der Bühne, starrt gebannt auf den Bildschirm und verfolgt darauf das Treiben vor der Tür. „Die Geschichte dreht sich um eine Maddie. Das könnte glatt meine sein", murmelt sie vor sich hin. Ihre Lippen mutieren zu einem Strich, dann bläst sie sich eine orangefarbene Strähne aus der Stirn. Geschäftig macht sie sich wieder an die Arbeit, um ihren Gram zu vertreiben. Nur dieses Gefühl in ihrem Herzen, dieser Stich, den sie dort mit jedem neuen Protagonisten vernimmt, der sich auf der Bühne präsentiert, drückt ihr fast die Luft ab. Ihre Geschichte war perfekt. Es liegt an der Jury und dem Produzenten.

Erwartungsgemäß greifen die Juroren zu hohen Bewertungen. Nur bei Dieter sieht sie, dass er mit sich ringt. Das hat er nun davon. Ihre Geschichte damals war besser. Selbst schuld.

Das Vibrieren ihres umgehängten Businesshandys reißt sie aus der Konzentration. Schnell zieht sie sich weiter hinter der Bühne zurück und meldet sich. Es ist die Produktionsassistentin, die ihr berichtet, dass die Beamten von der

Lebensmittelkontrolle einen Schnellbericht geschickt haben.

„Einige der abgepackten Wasserflaschen sind mit hoher Wahrscheinlichkeit mit einem Laxativum versetzt worden."

„Shit", entfährt es ihr. Und jetzt? Sie kaut auf ihrer Unterlippe herum.

„Die Polizei wird bald eintreffen."

„Aber … das bedeutet …", stottert sie.

„Mit Abführmittel versetzte Wasserflaschen sind kein Kavaliersdelikt."

Madison schluckt. „Heißt das, dass die Show unterbrochen wird. Oder, sie wird beendet? Aber dann …"

„Das ist jetzt unsere geringste Sorge. Bitte kümmere dich darum, dass keiner das Studio verlässt. Das ist wichtig! Hörst du?"

Madison nickt und schiebt schnell ein „geht in Ordnung" hinterher.

„Wir lassen erst mal alles laufen."

Somit bugsiert sie zwei ältere Herrschaften auf die Bühne hinaus. Zu den Klängen des Schneewalzers tanzen die beiden in vollendeter Harmonie über den Schauplatz.

Von Anja Ziegler und Sina Land

Max Winterling

Das kleine Café

an der Außenalster füllt sich schlagartig, als ein Sommergewitter den Himmel über Hamburg verdunkelt. Schwere dicke Regentropfen klatschen auf das Pflaster und fegen damit die Straßen menschenleer.

Vorsichtig nippe ich an meiner Tasse Tee und bin froh, dass ich einen Fensterplatz ergattert habe. Es macht mir nichts aus, dass ich den Spaziergang durch das aufkommende Unwetter unterbrechen musste. Schließlich habe ich Zeit und brauche keinen Terminen oder Verpflichtungen nachzukommen. Mit sechsundsiebzig Jahren habe ich jedes Recht dazu, in den Tag hineinzuleben und nur das zu machen, was ich will. Wenn dieses verflixte Gefühl von Einsamkeit nicht wäre … Bei diesem Gedanken legt sich der unangenehme Geschmack von Bitterkeit auf meine Zunge. Schnell nehme ich einen Schluck Tee und spüle sie damit herunter. Das fehlt noch, dass ich sentimental werde und womöglich rumheule. Tränen ändern nichts, haben sie nie.

Als Kurt nach vierzig Ehejahren mit einer Frau durchgebrannt ist, die seine Enkelin sein könnte,

weinte ich wochenlang fast jeden Tag. Als unser Sohn ausgewandert ist, um in Australien sein Glück zu versuchen, habe ich mir fast die Augen aus dem Kopf geheult. Als meine drei besten Freundinnen nacheinander vom Krebs hingerafft wurden, bin ich vor Trauer fast zerflossen.

Und? Haben all diese Tränen irgendetwas verändert? Nein, sicher nicht!

„Entschuldigung, ist dieser Stuhl frei?" Ich zucke zusammen, als mich unerwartet eine Herrenstimme aus meiner Gedankenwelt reißt. Vor mir steht ein Mann, der mir an Lebensjahren nichts nachsteht. Seine schlohweißen Haare hat er zu einem Pferdeschwanz zurückgebunden, und hinter seiner roten Hornbrille blitzen mich zwei stahlblaue Augen fragend an.

„Nein, ähm, ich meine natürlich ja … setzen Sie sich", stammle ich und könnte mich dafür ohrfeigen, dass ich wie ein Backfisch stottere und rot anlaufe.

„Da braut sich ja ganz schön was zusammen. Max Winterling ist übrigens mein Name." Mit einem Kopfnicken Richtung Fenster nimmt er Platz und schaut mich dann freundlich an.

Ich bin hingerissen. Wie kann ein Mensch so schöne Augen haben! Es ist, als würde man in einen tiefblauen Ozean blicken und darin versinken.

„Und Sie? Oder ist es unverschämt, wenn ich eine Lady nach ihrem Namen frage?"

Mittlerweile muss mein Gesicht die Farbe eines Feuerlöschers angenommen haben. Meine Wangen brennen so intensiv, dass ich die Röte förmlich spüre.

„Beccy … Beccy van den Steen", sage ich mit zittriger Stimme. Tatsächlich bin ich es nicht mehr gewöhnt, Konversation zu halten. Mit wem soll ich tagein tagaus reden, außer mit dem Bäcker um die Ecke oder meinem Hausarzt?

„Van den Steen … das hört sich niederländisch an. Liege ich da richtig?"

„In der Tat." Nervös beiße ich mir auf die Unterlippe. Verflixt! Anscheinend weiß ich nicht mehr, wie man eine Unterhaltung führt. Mein Kopf ist leer und weigert sich, vernünftige Sätze zu bilden. Verlegen schaue ich nach draußen und nippe weiter an der Teetasse. Das Gewitter hat mittlerweile seinen Höhepunkt erreicht. Der Regen prasselt unaufhörlich ans Fenster, und zuckende Blitze erhellen den dunklen und wolkenschweren Tageshimmel. Der Wind treibt einen Blumentopf vor sich her, der an einer Mauer zerschellt.

Max Winterling bestellt bei der Bedienung einen Kakao mit Sahne. Ich muss schmunzeln. Kakao mit Sahne macht ihn noch sympathischer.

„Sie sehen bezaubernd aus, wenn Sie ein Lächeln auf den Lippen haben."

Ping! Meine Wangenfarbe, die sich gerade normalisiert hatte, blüht erneut auf und beschert mir einige Schweißtropfen auf der Stirn. Unruhig rutsche ich auf dem Stuhl hin und her und überlege fieberhaft, was ich sagen könnte, um nicht als Volldepp dazustehen. Aber ich bin blockiert, eingefroren, stumm wie ein Fisch!

So schnell das Unwetter aufgezogen ist, so rasch ist es wieder vorbei. Der Himmel klart auf, und die Wassermassen, die eben aus den Wolken gefallen sind, verwandeln sich in einen lauen Sommerregen. Ein junges Pärchen tanzt ausgelassen auf dem Platz vor dem Café und sprüht vor Lebensfreude und Verliebtheit.

„Noch einmal so unbedarft sein und durch den Regen tanzen ..." Huch! Habe ich das etwa laut gesagt? Erschrocken presse ich mir die Hand vor den Mund.

Max Winterling strahlt mich aus seinen unfassbar blauen Augen an. „Sie würden also mit diesen beiden Turteltauben tauschen wollen?"

Ich halte diesmal seinem Blick stand. „Wer würde das nicht wollen und mit Leichtigkeit durch den Sommerregen schweben?"

„Was hält uns davon ab?"

Ich überlege. Ja, was eigentlich? Max Winterling legt einen Geldschein auf den Tisch. „Ich würde Sie gerne einladen. Nicht nur auf einen Tee - auch auf ein Tänzchen." Mit diesen Worten reicht er mir galant seinen Arm, und nach nur einem winzigen Moment des Zögerns hake ich mich bei ihm ein.

Als wir wenig später einen langsamen Walzer im Regen tanzen und Max dazu „I'm singin' in the rain" summt, ist es fast ein klein bisschen kitschig. Ich fühle seit langer Zeit etwas vollkommen anderes als Einsamkeit - MICH!

Von Petra Baar

Ermittlungen

Die Make-up-

Praktikantin nimmt ihre Schutzmaske ab, als sie erfährt, dass hier definitiv kein Virus kursiert. Verschwitzt atmet sie durch. Da steuern die beiden Protagonisten mit einem Blech Streuselbutterapfelpflaumenkuchen auf sie zu und bedanken sich für ihre Bemühungen.

„Als Mitbringsel für die fleißigen Helfer im Hintergrund'", sagt die ältere Dame.

Im selben Augenblick stürzt ein Polizist auf sie zu und reißt ihr das Backblech aus der Hand.

„Es tut uns leid. Aber dieser darf im Moment nicht verteilt werden. Keiner isst oder trinkt hier etwas, das wir nicht abgesegnet haben." Er versucht sich an einem belanglosen Lächeln. „Reine Routine", schiebt er hinterdrein.

Die Praktikantin lässt die Schultern hängen. Diese Stärkung hätte sie nach all den Anstrengungen gebraucht.

Indes schiebt der Greis die Bäckerin geschmeidig auf die Bühne. Sie hält kaum Schritt mit ihm und hat keine Zeit, ihrem Blechkuchen nachzutrauern. Ein Tusch, und beide stehen im Rampenlicht.

Die Praktikantin hört Dieter ätzen. „Ja, willkommen in der Show aus dem Seniorenheim. Sind jetzt nur noch Grufties hier? Der Altersdurchschnitt hat sich inzwischen um mindestens zwanzig Jahre gehoben." Er lacht aufgekratzt über seinen eigenen Witz.

Das Publikum pfeift.

Nella droht mit dem gestreckten Zeigefinger.

Der Greis, der sich als Dr. Haubentaucher vorstellt, pariert sofort mit kraftvoller Stimme. „Ach, wissen Sie, Herr Dielen, wir dachten, dann sind Sie nicht so alleine unter all den jungen Hühnern."

Die Praktikantin kichert. Endlich bietet diesem Schürzenheld jemand Parole. Bei ihr hat er es ebenfalls versucht, der aufgespritzte Dackel.

Nella bricht mit einem enthusiastischen Lachen heraus.

Schorsch steht auf, läuft zur Bühne und umarmt den alten Mann. „Du hast es geschafft, dass es dem Dieter endlich mal die Sprache verschlagen hat. You are my määän!" Er zieht Haubentauchers Arm in die Höhe, und das Publikum rast.

Dieter schaut gen Himmel. „Ist ja gut. Du bist schon echt eine Marke, das muss ich sagen. Jetzt lass` mal hören …"

Augenblicklich fühlt sich die Praktikantin auch ohne Streuselkuchen besser.

Von Anja Ziegler und Sina Land

D r. Haubentaucher

Zur Mittagspause

an der Nordseeküste.

Die Bäckermeisterin verriegelt die Tür, da klopft es am Fenster. Sie schaut überrascht auf und ruft durch die Scheibe: „Ach, Dr. Haubentaucher! Das freut mich aber, Sie mal wiederzusehen."

„Ebenfalls. Würden Sie mir bitte trotz Ladenschluss eine Palette Streuselbutterapfelpflaumenkuchen verkaufen? Ich brauche ganz dringend für heute Nachmittag einen Kuchen."

„Natürlich, für Sie doch immer." Sie schließt erneut auf und wickelt kurz darauf liebevoll ihr zu dieser Jahreszeit begehrtestes Gebäck ein. „Wie geht es Ihnen sonst so? Sie haben ja lange nicht mehr vorbeigeschaut! Aber mit Ihren vierundneunzig Jahren ist man ja nicht mehr ganz so mobil, nich?"

„Das stimmt, meine Liebe. Ich bestelle mir inzwischen auch gerne einfach nur eine Pizza ins Haus. Mit einer zusätzlichen Flasche Rotwein lässt sich der Abend perfekt ausklingen. Oh, verkaufen Sie nun obendrein zum Backwerk Blumenzwiebeln? Das sind Tulpen auf Ihrem Tresen, wenn ich mich nicht täusche?"

„Sie kennen sich aber gut aus. Das stimmt. Die hab ich gerade gegen ein Gebäck getauscht, obwohl ich gar keine Pflanzmöglichkeit dafür habe."

Haubentaucher lacht. „Dann kommen Sie doch heute Nachmittag zum Kaffee vorbei. Ich zeige Ihnen gerne meinen Garten und tausche die Blumenzwiebeln gegen meine jungen Kartoffeln. Sie werden sehen, ich schaffe es sogar noch im Stand zu denen herunter, um sie frisch aus der Erde zu zupfen."

„Wie lieb von Ihnen! Ich komme gerne. Nachmittags ist sowieso nicht viel los. Meine Verkäuferin kann den Laden alleine schmeißen. Wie kommt es denn, dass Sie gerade heute so dringend Kuchen benötigen?"

Des Doktors Mundwinkel zucken. "Tja, ich bin heute Morgen Großvater geworden!"

„Oh, mir war nicht bewusst, dass Sie überhaupt Kinder haben."

„Mir auch nicht, meine Liebe - mir auch nicht. Deshalb feiern wir. Mich kommt heute meine Tochter mit meiner Enkelin zum ersten Mal besuchen."

Die Bäckerin fasst sich an die Brust. „Toll, das erfüllt mich mit Stolz, bei diesem Ereignis dabei sein zu dürfen. Ich bin pünktlich um 15 Uhr bei Ihnen."

„Es wird mir eine Ehre sein, Sie können gerne zum Anstoßen auf einen Friesengeist-Schnaps bleiben."

Die Bäckerin nickt freundlich und begleitet ihn hinaus. Sie verschließt die Tür, neigt verlegen den Kopf und denkt: „Was für ein Charmeur, dieser Haubentaucher - der könnte sich auf seine alten Tage als Hollywooddarsteller bewerben. Ich würde jeden seiner Filme anschauen oder mit ihm zusammen ins Kino gehen, das wäre mir eigentlich sogar noch lieber".

Von Marco Plate

Gummistiefel

Mit der Polizei

im Hintergrund und dem dämlichen Outfit, das ihr der Sender für diese Anmoderation verpasst hat, ist Babsys Sicherheit wie weggeblasen. Dennoch strafft sie die Schultern. Sehnlichst wünscht sie sich ihre geliebte und für Souveränität sorgende Kleidung zurück. Aber nein. Sie ist gezwungen, eine makellose Miene zu diesem dämlichen Spiel zu zeigen, auch wenn ihr danach ist, hinzuschmeißen. Das Raunen des Publikums empfängt sie, denn dieses hätte gewiss ihr enges Kleid erwartet und keine Latzhose, gelbe Gummistiefel und einen auf ihrem blonden Haar thronenden albernen Strohhut.

„Da staunt ihr, was?", haucht sie ins Mikro und unterdrückt ihre Abneigung. Eilig moderiert sie die nächste Story an, lupft ihren Sonnenhut, blitzt Dieter an und zielt mit ihrem Zeigefinger wie mit einer Pistole auf ihn.

Dieser hebt sofort die Hände, als wäre er für diesen modischen Patzer verantwortlich. Ist das Angst, die sich in seinen Augen für einen winzigen Moment entfesselt? Er scheint es endlich zu realisieren, dass sie am längeren Hebel sitzt und weder von seiner Zuneigung noch von seinen

Schikanen abhängig ist. Sie gibt den Takt an und niemand anderes. Keine wimmernde Madison, ebenso wenig eine Starmoderatorin wie diese Flowerpowertante Nella, noch ein geschiedenes Hündchen, der sein Frauchen verloren hat, nimmt ihr diesen Einfluss je weg. Sie ist frei. Mit diesem Gedanken überlässt sie die Bühne einem weiteren Opa samt seiner auf die Leinwand produzierten Enkelin Emily.

Von Anja Ziegler und Sina Land

Bunte Blumenwiese

Sprachlos

und mit Tränen in den Augen stand Emily im Garten ihrer Großeltern und blickte auf die verblühten Blumen, die jetzt im Herbst einen traurigen Anblick boten.

Ihre Großeltern waren mit Gartenarbeit beschäftigt, und Emily hatte fleißig mitgeholfen, das Laub zusammengerecht und mit ihrer kleinen Kinderschubkarre auf den Komposthaufen gekarrt. Emsig half sie ihrer Oma, das Unkraut auszurupfen und ihrem Opa die Hecke zu stutzen.

Ihr Gesicht war beim Anblick des nun etwas trist wirkenden Gartens immer trauriger geworden. Doch jetzt hellte sich ihre Mine auf.

„Ich bin mal kurz drinnen", ließ sie vernehmen. Damit rannte sie los.

Eine halbe Stunde später erschien sie mit einem zusammengerollten Stück Papier in der Hand wieder im Freien.

„Na, was hast du denn da, meine Kleine", fragte ihr Großvater.

Emily rollte ein Gemälde auseinander, auf dem sie einen Garten voller bunter Blumen gemalt hatte.

„Ein Bild davon, wie toll hier alles ausgesehen

hat, bevor der blöde Herbst kam", antwortete sie und wollte ihrem Opa das Papier in die Hand drücken.

„Oh, das ist aber wunderschön geworden", antwortete er. „Das solltest du nicht einfach so hergeben. Warte, lass uns tauschen."

Der Großvater ging an eine große Truhe, die auf der Veranda stand, und kramte darin herum. Mit einem kleinen Säckchen und einer Handschaufel kam er zurück.

„Bitteschön", sagte er, nahm das Gemälde entgegen und drückte Emily die beiden Gegenstände in die Hand.

Neugierig öffnete das Mädchen den Beutel. Kleine Zwiebeln kamen darin zum Vorschein.

„Was ist das?"

„Das sind Blumenzwiebeln." Er deutete auf das Bild, das leuchtend bunte Blüten zeigte. „Pass auf. Die vergräbst du jetzt hier drüben in dem Beet, und im Frühjahr werden dann diese Blumen dort wachsen. Du wirst sehen. Der Garten wird mit deiner Hilfe im nächsten Jahr fast so schön bunt wie auf deinem Bild."

Emily strahlte und machte sich gleich an die Arbeit. Der Großvater suchte indessen im Haus einen Ehrenplatz für das Meisterwerk seiner Enkelin.

Von Guido Ewert

Mörderisches Kaffeekränzchen

„Was für eine

Kaffeefahrtveranstaltung", hört der Produzent über seinen Bildschirm den ollen Dieter herummosern. Er quittiert es mit einem Lächeln, wohlwissend, dass es genau diese Frotzeleien sind, die ihnen zwar eine Stange Geld kosten, aber dennoch die ersehnte Quote bringen, welche in letzter Zeit ‚Contra-8-TV' mit ihrem „Sing a Songwriter Casting" gegolten hat. Hoffentlich verhält sich die Polizei so, wie sie es zugesichert hat. Ein Großteil der Show ist durch. Den Rest brauchen sie ohne eine Störung im Kasten.

Ein Raunen läuft durchs Publikum.

Der Produzent zuckt zusammen. Ist einer der Beamten gegen die Absprache auf der Bühne erschienen? Doch dann bemerkt er, dass die Beleuchter das Licht heruntergedimmt haben. Deshalb die Aufregung in den Reihen. Alles klar, das gehört zur Show. Erleichtert atmet er durch.

Babsy, die wieder in ihrer sexy Robe und High Heels einen einzelnen Spot betritt, haucht ins Mikro. „Liebes Publikum, jetzt wird es gruuuselig."

Hinter ihr taucht auf der Leinwand ein Halloweenkürbis auf, der eine furchteinflößende Fratze zeigt. „Begrüßen Sie mit mir … das

Mörderische Kaffeekränzchen! Willkommen! Die agile Gertrud, die unerschrockene Waltraut und die unvergleichliche Helga!"

Applaus erschallt wie eine Woge, auf der die drei Ladys ins Scheinwerferlicht stolzieren. In einer Choreographie tappen sie, eine Hand winkend, wie die Queen, im Spot herum.

Babsy zeigt einen ergebenen Hofknicks, den die Herrschaften gnädig abnicken. „Aus dem fernen Norden, dem Örtchen Husenbückel, heute für die ganze Welt … exklusiv nur bei uns … die Damen vom Kaffeekränzchen." Beifallheischend spornt sie das Publikum zum Klatschen an. „Wo habt ihr denn die Deichmafia gelassen?"

Gertrud legt den Zeigefinger auf den Mund: „Abwarten", zischt sie.

Waltraut tritt ans Mikro: „Lieber Dieter, wir wissen ja, dass du total in uns verknallt bist …"

Didi reißt die Augen auf, und der Produzent fällt fast von seinem Stuhl. Genau so wird Filmgeschichte geschrieben. Die Damen sind Gold wert.

Helga übernimmt. „Deshalb pass auf, was wir für dich haben."

Gertrud summt einen Ton vor und stimmt damit ein Lied an.

„Diiieter, du doller düsentriebgesteuerter Dääändy, danke dir, Dieterlein … du dynamisch …

drolliger Damenmann …", dudelt das Damen-kränzchen eine D-Alliteration, und sie hauchen als Abschluss vereint ins Mikro.

„Diiiedär … du doller Hängscht!"

Drei Kusshände fliegen ihm zu.

Als der Juror sich eine imaginäre Träne der Rührung aus dem Augenwinkel wischt, setzt sich der Produzent lachend zurück. Das wird der Einspanner für seine Filmproduktion.

Dieter sprintet auf die Damen zu und knuddelt sie unter großem Jubel. Nella und Schorschi geben stehenden Applaus.

„Das sind sie, meine Mädels aus dem hohen Nooorden", Dieter zeigt auf das Trio, „ihr seid die Wölkchen in meinem Tee."

Der Produzent nickt wohlwollend. Jetzt liegt es bei ihm als Chef, die Polizei zu lenken und dieses Drama hinter den Kulissen ebenfalls als Erfolg zu verbuchen.

Von Anja Ziegler und Sina Land

Mitternachtstausch

Mitte Oktober.

Ganz Husenbückel ist im Halloweenfieber.

Vor etwa einer Dekade war dieses seltsame Spektakel, das bekanntlich jährlich am 31.10. seinen Höhepunkt findet, auch in dieses gemütliche Dorf eingezogen. War erst nur vereinzelt Deko hier und da zu finden, entstand mit den Jahren zwischen den Husenbücklern ein verbissener Wettkampf.

Wer erschafft mit seinem Schmuck das gruseligste Haus?

Welches Gebäude jagt einem wahrlich einen Schauer über den Rücken?

Mitmachen ist inzwischen quasi sowas wie Pflicht, ansonsten wird einem von den anderen Dörflern schnell unterstellt, man hätte keinen Gemeinschaftssinn.

Guido Hammersfeld, der Inhaber des ansässigen Supermarkts, hat sich vollkommen seinen Kunden und ihrer unfassbaren Gier nach Angst und Schrecken angepasst. Ab Anfang Oktober gibt es somit neben dem allerorts zu zeitig aufgestellten

Weihnachtsgedöns auch in seinem Laden zwei große Regale mit Halloween-Schabernack.

Gruselmasken: Werwölfe, Vampire, blutverschmierte Fratzen und all so ein Ekelzeugs. In Flaschen abgefüllt gibt es grünes Zombieblut und blauen Monsterschleim. Abscheuliche Puppen, mit und ohne Augen, hängen dort an Haken, die meisten bekleidet mit einem sogenannten Leichentuch, wie es auf dem Etikett steht. Spinnen und Fledermäuse in verschiedenen Größen, mit leuchtenden Augen, haarigen Beinen, manche sogar mit Batteriebetrieb, um zusätzlich Geräusche zu erzeugen. Außerdem Geisterschleim und Gespensterkotze in Dosen. Es ist für jeden etwas dabei. Ein lebensgroßes Skelett begrüßt die Kunden direkt am Eingang.

„Happy Halloween", spricht es mit einer schockierenden Stimme und funktioniert mit einem Bewegungsmelder. Das Geschäft läuft bestens.

Geschäftsinhaber Guido schnalzt vergnügt mit der Zunge, weil er einen Mordsumsatz mit dem Unfug macht.

Dass Waltraut mit Abstand die schönsten Kürbisse schnitzt, ist im Dorf bekannt. Wobei hier *schön* reine Ansichtssache ist. Schlimm sehen sie aus. Zum Fürchten sind sie, wenn des Nachts eine Kerze darin flackert.

In ihrem Vorgarten stehen Dutzende, und in den letzten zwei Jahren gewann sie den Wettbewerb um das gruseligste Halloween-Haus in ganz Husenbückel.

Dieses Jahr hat sie zur geisterhaft-furchterregenden Zeit einen ungewöhnlichen Auftrag bekommen, der ihr das Blut in den Adern gefrieren ließ und beständig weiter lässt. Sie erhielt Mitte Oktober eine Botschaft. Es war ein mysteriöser Brief in ihrem Postkasten gelandet. Ein antik-wirkendes Stück Papier befand sich im Inneren des Umschlags. Waltraut untersuchte alles pedantisch.

„Die Ränder des Zettels sind angekokelt worden. Das verleiht dem Ganzen ein verwegenes Aussehen", erkannte Waltraut. „Das Ding ist nicht alt, es ist eine Fälschung. Das habe ich doch sofort gesehen. Irgendjemand will mir ordentlich Angst einjagen." Leider stellte sie schnell fest, dass dieses Bangemachen funktionierte.

Auf dem Papier stand in roter Schrift, vermutlich sogar in Blut geschrieben:

TAUSCHE EINEN KÜRBIS UM
MITTERNACHT
WENN GAR SCHÄBIG DIE HALLOWEEN-
FRATZE LACHT

Sie hatte ihre Freundinnen Helga und Gertrud gleich zu Rate gezogen, und sie waren sich sicher, dahinter steckt gewiss die Deichmafia. Ab dieser Feststellung war den dreien extrem mulmig zu Mute. Sie wurden immer panischer, je näher der letzte Tag im Oktober heranrückte.

Nun ist er da.
Es ist Halloween.

Unendlich viele Leute haben sich den ganzen Abend vor Waltrauts Haus rumgetrieben. Gruselnd haben sie ihr Heim bestaunt, sich mit der Deko fotografiert, bei ihr geklingelt, um sich nach einem schauerlich klingendem „Süßes oder Saures" ein paar Süßigkeiten abzuholen.

Waltraut ist völlig tüdelig zu Mute. Bald ist Mitternacht. Helga und Gertrud klingeln wie vereinbart um halb zwölf bei ihr. Mittlerweile ist es ruhig auf der Straße.

Sie hat für den Tausch den schönsten ihrer vielen Kürbisse auf die Mauer, direkt neben der Gartenpforte gestellt.

Die drei Mädels sitzen in der Küche hinter den Gardinen im Dunklen. Hier haben sie die beste

Sicht auf die Pforte. Zitternd warten sie. Noch zehn Minuten. Noch fünf …

Helga muss zur Toilette.

„Nun aber flott", flüstert Gertrud.

„Ach neee", zischt Helga. Die Gardine wackelt, weil sie dagegen stößt.

„Pass doch auf", raunt Waltraut ihr zu. Helga macht ein brummendes Geräusch und verschwindet aus der Küche. In den Flur. In die Dunkelheit.

„Schnäpschen?", fragt Waltraut.

„Ja, aus Biergläsern am besten", antwortet Gertrud. „Ich halte das nicht aus. Wie spät ist es?"

„Noch zwei Minuten. Wir trinken gleich."

Helga kommt zurück. Hockt sich wieder zu den beiden.

Sekunden verstreichen.

Die Kirchturmglocke schlägt zur Mitternacht.

Geisterstunde.

Gebannt starren die drei durch die Gardine in den Garten.

Nichts passiert.

Zwei Minuten nach Zwölf.

Noch immer nichts.

Dann plötzlich …

Eine Gestalt erscheint. Ein Schatten. Er schleicht vor Waltrauts Grundstück herum. Wandelt hin und her. Sieht sich um.

Die Mädels ziehen ihre Köpfe ein, rücken näher zusammen. Gemeinschaftlich zittern sie wie Espenlaub.

Dann geschieht es.

Der Kürbis wird von der Mauer gehoben. Und ein Gegenstand wird exakt an die Stelle gelegt, wo noch eben die Kerze flackerte. Der Schatten verschwindet. Die Gestalt ist weg.

„Und nun?", flüstert Waltraut. Ihr Herz schlägt wild in der Brust.

Helga zuckt mit den Achseln.

„Ich weiß es nicht", sagt sie mit dünner Stimme.

„Schauen wir nach, was dort liegt?", wispert Gertrud.

„Bist du verrückt? Wenn da noch jemand rumschleicht?", erwidert Waltraut.

„Hast du deinen Baseballschläger noch?", knurrt Helga.

„Klar, der liegt oben unter meinem Bett."

„Soll ich ihn holen?", raunt Helga ihr zu.

Waltraut nickt.

Gertrud ebenfalls. „Ja, mach das. Gute Idee. Ich gehe dann raus." Sie strafft souverän die Schultern und späht durch die Gardine nach draußen in die Nacht.

Minutenspäter ist sie vor dem Haus unterwegs. Mit einer Mordsangst beobachten die beiden verbliebenen Freundinnen sie vom Küchenfenster aus …

Wenn das mal gutgeht, denkt Waltraut voller Sorge.

„Sie ist so mutig", wispert Helga.

Gertrud ist schnell zurück.

In der Hand hält sie den abgelegten Gegenstand. Er entpuppt sich als ein braun verpacktes Päckchen, das mit einer roten Schleife verziert wurde. Sie stellt den Baseballschläger in die Ecke und legt den Fund auf den Küchentisch.

„Das Schleifchen ist schön und ordentlich gebunden." Helga gibt sich beeindruckt.

„Da versteht jemand sein Handwerk im Einpacken." Gertrud nickt. „Das habe ich auch gleich gedacht."

Die drei stehen um den Tisch herum, atmen hektisch und starren auf die fremde Sendung.

„Setzen wir uns", schlägt Waltraut vor. Drei Stühle werden gleichzeitig zurückgezogen. Sie nehmen Platz und starren bewegungslos weiter.

„Ach kommt, es wird wohl keine Bombe drin sein", ruft Gertrud entschlossen und zieht es zu sich.

„Bist du sicher?", flüstert Helga.

„Ja. Jetzt oder nie." Gertrud reibt sich die Hände.

Sie öffnet die Schleife …
… legt sie zur Seite …
Mit spitzen Fingern reißt sie das Paket auf …
Alle bekommen einen langen Hals, gaffen mit tellergroßen Augen den Inhalt an.
Entsetzt springen die drei eine Sekunde später auf, schreien aus Leibeskräften. Stühle fallen polternd zu Boden. Noch mehr Geschrei.
„Was zum Teufel", wispert Gertrud.
„Ach, du meine Güte." Waltraut schnappt nach Luft.
„Ist das echt?", haucht Helga und betrachtet *ES* genauer.
„Hier an der Seite steckt ein Brief."
Beherzt nimmt Waltraut ihn in die Hände, öffnet den Umschlag mit zittrigen Fingern. Das Papier ist an den Rändern angekokelt. Es ist identisch mit dem der Nachricht, die sie Mitte des Monats erhielt. Sie holt tief Luft, braucht einen Moment, dann liest sie vor:

Waltraut,
ich bitte dich, diese Mordwaffe sicher zu verwahren, bis du in Kürze neue Instruktionen von mir erhältst. Solltest du meiner Anweisung nicht nachkommen, wird es mir

ein Leichtes sein, dich und deine Mädels mit diesem
Gegenstand in Verbindung zu bringen.
Die Polizei weiß eine Menge.

Die drei Freundinnen halten sich bibbernd an den Händen. Starren fortwährend das blutige Messer an, das auf einem roten Tuch aus Samt im ominösen Paket liegt.

Von Steffi Lofeldt

Polizei am Set

D ie Maskenbildnerin

hat sich von ihrer Durchfall-Attacke erholt, steht inzwischen im Schminkzimmer und pudert die nächsten Gäste. Die Praktikantin atmet tief durch, hat die Krise überwunden und passable Arbeit unter diesen seltsamen Umständen geleistet. So versichert ihr zumindest die Chefin. Die vorübergehende Aushilfe war dagegen keine Verstärkung. Sie ist mehr im Weg gestanden, während sie allein die Maske gewuppt hat. Mit selbstsicherer Miene ordnet sie ihre Schminkutensilien für den nächsten Protagonisten.

„Übernimmst du kurz?", fragt die Chefin und wendet sich dem Polizisten zu.

„Wir brauchen Sie kurz, um den Hergang aus Ihrer Perspektive aufzunehmen. Wann haben Sie den ersten Anflug von Unpässlichkeit vernommen? Bevor Sie das Wasser aus dem Spender getrunken haben oder danach", hört sie den Beamten fragen.

Ein blasses Mädchen namens Lizzy nimmt Platz auf dem bequemen Schminkstuhl. Bei ihren zappelnden Beinen fällt es ihr schwer, das Make-up anzubringen. Doch nach kurzer Zeit redet sie

ungeniert drauf los, um die junge Dame abzulenken. So beruhigt sie sich und eine erneute
Welle an Stolz überrollt sie. Lizzy strahlt sie nach
wenigen gekonnten Handgriffen dankbar an. Nun
selbstbewusster, lässt sie sich von Madison zur
großen Bühnentür begleiten.

Im Moment, als die Praktikantin erneut alle
Utensilien zusammenräumt, kommt der Polizist auf
sie zu. Ihr Herzschlag stolpert augenblicklich. Hat
sie etwas verpatzt?

„Junge Lady", fragt er mit einem Lächeln.
„Dürfte ich auch Ihnen ein paar Fragen stellen?" Bis
sie sich versieht, wird sie in einen Nebenraum
geschoben und die Tür fällt hinter ihr ins Schloss.
„Ihr Herz hämmert, als wolle es den Brustkorb
verlassen."

„Können Sie mir sagen, wer heute die
Wasserspender befüllt hat?"

Angestrengt überlegt sie. „Madison, wie jeden
Tag."

Der Polizist nickt.

Da wird ihr heiß. „Nein. Entschuldigung.
Normalerweise ist dafür Madison zuständig. Aber
heute war so ein durcheinander, weil jemand
kurzfristig das Catering abgesagt hat. Und da hat
das ausnahmsweise meine Chefin übernommen."

Die Augenbrauen des Polizisten rutschen nach
oben. „Ich danke Ihnen, das hilft uns weiter. Hat

sonst noch jemand die Aufgabe, sich um das Wasser zu kümmern?"

Dieses Mal überlegt sie erst, bevor sie mit einer Antwort herausplatzt. „Na, die letzten Tage hat das der Bruder von Madison übernommen, weil sie so viel Stress hatte. Sie hat immerzu an irgendwas geübt. Weiß auch nicht genau, an was."

„Ihr Bruder?" Der Polizist nickt und kritzelt auf seinem Block herum.

„Jetzt muss ich aber zurück. Der Dr. Haubentaucher muss nach Lizzy noch einmal auf die Bühne."

„Das ist auch schon alles. Vielen Dank."

Von Anja Ziegler und Sina Land

Geister are a girls best friend

Ich war

todunglücklich, seit ich mit meinen Eltern und meinem Bruder in diese Kleinstadt gezogen war. Ich hasste die sengende Hitze, die hier selbst im Herbst noch herrschte und die ich mit meiner extrem blassen Haut nicht vertrug. Jeden Morgen Sunblocker aufzutragen war ein Fest für meine Akne.

Die neuen Schulkameraden mobbten mich, weil ich die englische Sprache nicht perfekt beherrschte und riefen mir immer wieder Parolen aus dem Zweiten Weltkrieg entgegen, die in Deutschland geächtet waren.

Mein Bruder hatte es besser und die Gene unseres Vaters geerbt. Eines afroamerikanischen US-Soldaten, der in Deutschland stationiert gewesen war.

Im Gegensatz zu mir fiel er optisch nicht auf. Zudem hatte er die Sprache schneller verinnerlicht. Kein Wunder. Er war zwei Jahre älter und konnte auf entsprechend mehr Unterricht zurückgreifen. Ihm gefiel es hier. Eine Tatsache, die unseren immerwährenden Zwist exponentiell eskalieren ließ.

Da meine Eltern tagsüber arbeiteten, bekamen sie von all dem Zoff nur am Rande etwas mit.

Ich blickte in den Spiegel meines Badezimmers und sah meine traurig dreinblickenden Augen mit den dunklen Ringen darunter. Ich schminkte mich ab, oder um genauer zu sein: schabte mir die Sunblocker-Schicht von der Haut. Es war schon spät, kurz vor Mitternacht. Zeit, den Matratzenball zu tanzen. Unten in der Diele schlug die alte Standuhr Mitternacht. Noch so ein Ärgernis! Das alte Haus, in dem wir wohnten, knarzte nicht nur permanent und gab nachts merkwürdige Geräusche von sich, nein, auch das Schlagwerk dieses Ungetüms, um das das Haus herumgebaut zu sein schien, ließ sich nicht abstellen.

Fast jede Stunde wurde ich von dem dämlichen Glockenschlag geweckt.

Plötzlich nahm ich im Spiegel eine Bewegung wahr. Der Sessel, das einzige gemütliche Interieur meines Zimmers, glitt über den Boden Richtung Fenster. Dann hob sich die Decke vom Bett und schwebte zum Sessel. Es wurde unnatürlich kalt. Als Nächstes zersprangen die Glühbirnen rund um den Spiegel. Alles wurde in Dunkelheit getaucht. Schreiend lief ich auf den Flur und von dort runter ins Wohnzimmer.

Mein Vater kam herbeigestürzt.

„Lizzy, was ist los?", fragte er verschlafen. Er trug seinen Pyjama, an den Füßen Pantoffeln, und seine Haare standen in alle Richtungen ab.

„Da war ein Geist!"

„Du bist wirklich noch ein kleines Kind", überraschte mich die Stimme meines Bruders von hinten, und ich zuckte zusammen. „Geister gibt es nicht."

„Ich hab ihn genau gesehen! Er war in meinem Zimmer, hat den Sessel verschoben und alle Lichter kaputt gemacht", schniefte ich und sah Vater an.

Der warf einen Blick zu unserer, inzwischen auch herbeigeeilten Mutter, und seufzte.

„Komm, wir schauen uns das mal an", sagte er beruhigend und begleitete mich hoch in mein Zimmer. Er betätigte den Lichtschalter, aber es blieb dunkel.

„Okay, mit dem Licht hast du recht." Mein Vater schaltete eine Taschenlampe ein und leuchtete in den Raum. „Aber ansonsten scheinst du nur einen Albtraum gehabt zu haben. Siehst du?"

Verstohlen schaute ich an ihm vorbei. Decke und Sessel waren zurück an ihrem Platz.

„Warte unten. Ich tausche kurz die Leuchtmittel aus, und dann können wir alle wieder schlafen gehen."

Wenige Minuten später funktionierte das Licht wieder, und ich wurde ins Bett geschickt. Natürlich machte ich kein Auge mehr zu.

Am nächsten Morgen hatte ich erst in der zweiten Stunde Unterricht, mein Bruder Chris war dagegen bereits aus dem Haus.

Als ich später ebenfalls in der Schule ankam, deuteten alle auf mich und lachten.

„Lizzy hat Angst vor Geistern", wurde ich gehänselt. Mitten in einer Gruppe von Jungs stand mein Bruder und imitierte meinen nächtlichen Auftritt. Wie sehr ich ihn in diesem Moment hasste. Der ganze Tag entpuppte sich als Spießrutenlauf, und abends heulte ich mich in den Schlaf. Um Mitternacht wurde ich von etwas geweckt, das mir sanft, aber kalt über den Rücken strich. Mich fröstelte. Langsam drehte ich mich um. Über mir schwebte eine Erscheinung. Sie war nur schemenhaft zu erkennen und glich einer Art Nebel. Gerade wollte ich losschreien, als ich eine Stimme in meinem Kopf hörte.

„Ich will dir nichts tun. Ich bin nur so furchtbar einsam. Genau wie du. Es tut mir leid, dass ich dich erschreckt habe. Ich sitze schon Jahrhunderte in diesem Gemäuer fest. Du bist die Erste seit langer Zeit, die mich überhaupt zur Kenntnis nimmt. Wollen wir Freunde werden?"

Die Telepathie hatte mich so verblüfft, dass ich vergaß zu schreien. „Freunde?", japste ich.

„Ja. Ich sehe doch, dass du genau so einsam bist wie ich."

Schüchtern nickte ich. „Ich könnte tatsächlich einen Freund gebrauchen. Wie heißt du?"

„William, aber du kannst ruhig Willy zu mir sagen."

„Willy, der Geist." Ein Kichern entfuhr mir. „Auf gute Freundschaft". Ich streckte meine Hand aus, und Willy schlug ein. Na ja. Das klappte nicht wirklich, denn seine Nebelhand glitt einfach durch meine hindurch, und mir wurde kalt.

„Entschuldige. Ich kann leider immer nur in der Stunde nach Mitternacht etwas bewegen oder berühren. Und jetzt ist es schon wieder nach eins."

Wir unterhielten uns noch eine Weile. Willy erzählte mir von seinem Leben und seiner Familie. Irgendwann schlief ich ein.

In den nächsten Wochen wurden Willy und ich beste Freunde. Er half mir mit meinem Englisch und den Schularbeiten, und ich erzählte ihm, was draußen passierte. Als er hörte, dass mich mein Bruder in der Schule hänselte, stieß er ein dunkles Grollen aus.

„Das lassen wir uns nicht länger gefallen. Hast du eine Kamera?"

„Ja. So eine Sofortbildkamera. Sie speichert die Bilder zusätzlich digital. Die hab ich letztes Jahr an Weihnachten von meinen Eltern bekommen.“
„Perfekt. Morgen Nacht ist Halloween, die Nacht der Geister. Da hab ich deutlich mehr Spielraum als die übliche Mitternachtsstunde. Lass uns das nutzen. Du besorgst mir ein Kostüm, sodass ich endlich mal wieder so etwas wie eine physische Gestalt habe, und im Tausch dafür helfe ich dir mit deinem Bruder.“
„Deal.“
„Ich brauche etwas, unter dem ich mich verstecken kann, insbesondere für meinen Kopf.“
Ich überlegte kurz und nickte. Dann kam mir die perfekte Idee!

Am nächsten Abend erschien Willy pünktlich um Mitternacht. Ich reichte ihm einen Jutesack und einen ausgehöhlten Kürbis. Er schaute mich erst skeptisch an und grinste dann fast so breit wie der von mir geschnitzte Jack O Lantern Kürbiskopf.
„Perfekt“
Wenig später hörte ich meinen Bruder im Nachbarzimmer rumoren. Dann wurde es still. Er war wohl schlafen gegangen. Halloween war nicht seine Kragenweite. Er fand das albern.
„Halt deine Kamera bereit“, flüsterte Willy. Dann schlichen wir uns zu Chris Zimmer.

In seinem Kostüm enterte mein neuer Freund den Raum. Dann wirbelte er die Decke meines Bruders hoch, warf dessen Sessel um und goss ihm das Glas Wasser ins Gesicht, das auf dem Nachtisch stand.

„Lizzy! Das ist nicht witzig", brüllte mein Bruder und schaltete seine Nachttischlampe an. „Na warte, jetzt kriegst du richtig Ärger!" Offenbar dachte er, ich steckte unter der Verkleidung.

Er wollte Willy schubsen, traf jedoch auf keinen Widerstand. Lediglich der Jutesack wehte ein Stück nach hinten. Chris erstarrte zu Eis. Seine Augen weiteten sich. Dann nahm Willy den Kürbis vom vermeintlichen Kopf. Nebelschwaden stiegen aus dem entstandenen Loch. Chris schrie wie am Spieß. Dann zeigte sich ein feuchter Fleck auf seiner Pyjamahose.

„Jetzt", flüsterte es an meinem Ohr.

Ich sprintete ins Zimmer und schoss 2 Fotos.

Mit offenem Mund sah mich Chris an.

Schnell verschwand ich wie ein Wirbelwind in mein Zimmer zurück. Schon hörte ich Vater die Treppen hochtrampeln.

„Chris, was ist los?", polterte er.

„G-geist", hörte ich meinen Bruder stammeln.

„Ich hab dich wirklich für erwachsener gehalten.", grollte mein Vater. „Du bekommst die nächsten Jahre ganz sicher keinen Schluck

Eierpunsch mehr. Mach dich sauber, und dann wird geschlafen."

Willy und ich gaben uns ein High-Five.

Am nächsten Morgen saßen wir beide alleine in der Küche beim Frühstück. Chris schaute mich verschämt an. „Was hast du mit den Bildern vor?", fragte er mich.

„Gar nichts. Ich bin nicht so ein Arsch wie du. Aber wag es ja nicht, weiter über mich zu lästern", knurrte ich ihn an.

„Geht klar."

„Und bilde dir nichts ein. Erstens könnte dir der Geist jederzeit erneut begegnen, falls du mein Zimmer durchsuchst, und außerdem sind die Bilder in der Cloud gesichert. Da kommst du nicht dran.", grummelte ich drohend und schaufelte mir einen Löffel Cornflakes in den Mund.

Seitdem ist mein Bruder erträglich. Mittlerweile haben wir uns zusammengerauft, und ich habe ihm Willy vorgestellt. Inzwischen ziehen wir an Halloween zu dritt durch die Gegend, denn wir haben festgestellt, dass unser Freund in dieser Nacht von Sonnenuntergang bis zum Morgen Gegenstände und damit auch ein Kostüm bewegen kann.

Von Guido Ewert

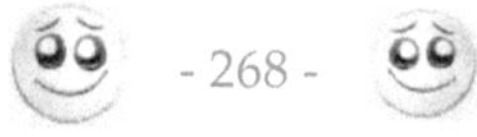

Befragung

Als Dr.

Haubentaucher auf die Bühne tritt, hatte die Polizei backstage mit sämtlichen Beteiligten gesprochen. Die Polizisten stehen zwischen gestapelten Stühlen, ausrangierter Deko und muffig riechenden Putzlappen an einem ramponierten Tischchen in einer Abstellkammer zusammen.

Seine Kollegin runzelt die Stirn. „Was hat die Praktikantin aus der Maske gesagt?" Sie schaut an ihm vorbei auf eine Leiter mit einer fehlenden Sprosse und wippt mit dem Kugelschreiber in der Hand.

„Diese Madison Johnson hat sich vor einer Weile auch mit einer Geschichte beworben und ist rausgefallen?", hilft er ihr auf die Sprünge.

Sein anderer Kollege schaut auf. „Du meinst, die mit den orangenen Haaren? Das hat sie uns eben gar nicht erzählt."

„Die hat sowieso kaum den Mund aufgebracht", seufzt die Kollegin. „Hat sich ziemlich cool gegeben. Im Gegensatz zu den anderen Befragten." Die Beamtin steht auf und läuft zur Tür. „Ihr schaut die Ausfälle durch. Vielleicht ergibt sich eine Reihenfolge, und ich versuche, in der Werbepause an die Jury heranzukommen. Danach nehmen wir uns den Produzenten vor. Die sollen uns die ‚durchgefallenen Geschichten‘“, sie setzt Anführungszeichen in die Luft, „heraussuchen.“

„Ich schaue inzwischen, ob ich den Bruder von Madison für die Befragung finde. Der hatte ebenfalls Zugang zu den Wasserspendern hinter den Kulissen.“

Von Anja Ziegler und Sina Land

Oberbürgermeister und Co

D er Abreißkalender

zeigt den 31. Oktober, und Dr. Haubentaucher empfängt erneut seine Tochter zu Kaffee und Kuchen. Seit Elisabeth vor kurzem mit seiner frisch geborenen Enkelin bei ihm aufgetaucht war, versteht er sich bestens mit den beiden. Genauso wie mit der Bäckermeisterin, die immer öfter rein zufällig bei ihm vorbeischaut, seitdem er sie zu seinem „Ich bin überraschenderweise Großvater geworden-Kaffee" eingeladen hatte. So auch heute.

Sie regt sich tierisch über den Bürgermeister auf, der in Husenbückel per Verordnung Halloween abgeblasen hat. Dieses amerikanische Getue und vor allem diese Kommerzialisierung am Vorabend von Allerheiligen ist ihm zuwider.

„Schonen Sie Ihren Kreislauf", unterbricht sie Haubentauchers Tochter.

Die im Gesicht fast kürbisfarben angelaufene Bäckerin echauffiert sich dennoch. „Der kann uns gar nichts verbieten. Ich habe nämlich eine Idee! Waltraud schnitzt die besten Kürbisse in unserer Gemeinde. Es ist alles schon geplant. Von ihr besorgen wir uns einen besonders gruseligen in der

Größe XXL, machen uns dabei einen Spaß und zeigen es dem Herrn Oberbürgermeister so richtig."

Die Bäckerin erklärt den beiden ihre Idee genauer.

Haubentaucher reibt sich die Hände. „Da werden sich vor allem die Kinder am nächsten Tag freuen, wenn sie das sehen. Tatkräftige Unterstützung vom Dorf haben wir sowieso. Fragt mal den Guido Hammersfeld vom Supermarkt, was der jedes Jahr für einen enormen Umsatz mit Halloween macht. Lasst uns gleich aufbrechen, um von der freiwilligen Feuerwehr eine lange Leiter zu organisieren."

Dort angekommen genießt es „Die Truppe", wie die Helfer in der Not sich nennen, endlich in diesem leblosen Nest irgendwo behilflich zu sein.

Nach dem ausgesprochenen Verbot vom Bürgermeister streunen in dieser Nacht nicht einmal die Kinder in ihren Kostümen herum und betteln vor den Haustüren um Süßigkeiten.

„Pah, Ausgangssperre – dass ich nicht lache!", schimpft Haubentaucher. Punkt elf Uhr nachts liegt er zusammen mit seinen beiden Komplizinnen am Rathaus auf der Lauer. Sich bewegende Schatten huschen durch die Rundbogenfenster des Bürgermeisterbüros.

Die Bäckerin zieht ihre Stirn in Falten. „Sagt mal, wie lange arbeitet der denn noch? Da muss ich

ja schon bald wieder aufstehen und den Brötchen-
teig vorbereiten."

Elisabeth zeigt auf das Fenster. „Da! Jetzt tut
sich etwas", flüstert sie und hopst von einem Bein
auf das andere.

Die Bäckerin kreischt entsetzt. „Ja, da wird
doch der Hund in der Pfanne verrückt. Deshalb ist
die immer so müde, wenn sie morgens zu mir zum
Putzen kommt. Wenn die abends noch ein
Schäferstündchen mit dem Herrn Amtsinhaber hat,
wundert mich das nicht. Sieh sie dir an, unsere
verehrte Reinigungsfachangestellte!"

Nachdem die Turteltauben aus dem Gebäude
kommen und wie Einbrecher um die Ecke
verschwinden, laufen die drei Spione direkt zum
Eingang des Rathauses. Dort fahren sie die Leiter
der Feuerwehr aus und positionieren diese so an
der historischen Fassade, dass sie die majestätische
Uhr erreicht. Haubentaucher ist der einzig
Schwindelfreie. Er klemmt sich den Kürbis unter
den Arm, klettert einhändig bis an die Spitze und
sticht diesen genau um Mitternacht auf den
Minutenzeiger. Form und Größe sind fast identisch
mit der Uhr. Da hängt es nun, Waltrauds
preisverdächtiges Meisterwerk mit der ge-
schnitzten Fratze in Richtung Rathausplatz.

„So soll es für immer Halloween sein!".
Haubentaucher lacht genüsslich, fährt die Leiter

ein. Dann zieht er zusammen mit seiner Tochter und seiner geliebten Bäckerin einige Runden durch die Straßen und schaut sich die liebevoll geschmückten Hauseingänge an.

„Was hast du eigentlich Waltraud für den Kürbis zum Tausch angeboten?", fragt die Bäckerin nachdenklich, als sie gemeinsam an deren dekoriertem Haus vorbeischlendern.

Elisabeth grinst verschmitzt. „Das ist ein Geheimnis und wird nicht verraten."

Von Marco Plate

Misstöne

„**W**ie Sie sehen“,

hört Boy Schorsch Babsy anmoderieren, „gibt es hinter mir erneut einen kleinen Umbau, denn uns ist es gelungen, den phänomenalen Holy Hengstenberg auf unsere Bretter zu holen, die ihm, nach seiner eigenen Aussage, die Welt bedeuten.“

Das ist ihre Ansage. Er schluckt. Sie wurden angewiesen, während dieses Auftritts und der anschließenden Werbepause, hinter die Bühne zu verschwinden, um mit der Polizei zu reden.

Trockeneis wabert im schummrigen Spot, Lasereffekte sind zu bewundern, und aus dem Nichts steht live on stage der angesagte ‚Sing a Songwriter' mit seiner Gitarre in einem einzelnen Lichtkegel. Was für ein Schachzug des Produzenten, den Gewinner der Castingshow der Konkurrenz hier einzuladen.

Das Publikum kreischt.

Zeit für die Jury, sich unauffällig hinter die Bühne zu verdrücken.

Sofort stürzen sich sowohl die Polizistin als auch die beiden Polizeibeamten auf sie, und jeder wird einzeln befragt.

Zuerst erkundigt sich der Beamte bei Boy Schorsch nach seiner Unpässlichkeit, dann aber zu der „herausgefallenen Geschichte", der von Madison. Leider kann er dazu nichts beitragen, da er sie bisher nicht kannte und damals nicht im Juroren-Ensemble dabei war. Erst als die Bedeutung dieser Frage in seinen Gehirnwindungen durchsickert, schüttelt er energisch den Kopf. Ihm steht der Mund offen. „Ihr denkt, dass sie … So ein nettes Madl. De tut doch sowas ned."

Jäh unterbricht der Produzent das Gespräch, wedelt mit einem Stück Papier, und die Polizistin holt sie alle zusammen.

„Hier geht es um die eingereichte Story von Madison. Kann sich jemand vorstellen, dass sie die Durchfallwelle inszeniert hat, um sich zu rächen?"

Boy Schorsch schüttelt energisch den Kopf, doch als er die Geschichte liest, die ihnen die Polizistin in die Hände drückt, reibt er sich nachdenklich über die Nase. „Im Zusammenhang mit dem Abführmittel im Wasser ist die Story schon … also … ich würde sagen … ähnlich."

Nella starrt auf den Text und schleudert unaufhörlich ihre roten Löckchen von einer Seite zur anderen. „Dit kann nich wahr sein."

Dieter wechselt von blasser Farbe zu geröteten Wangen. Offenbar ist ihm erst jetzt klar, dass die

Geschichte der jetzigen realen Begebenheit extrem ähnelt.

Schorsch fragt sich, ob er sich an mehr erinnert als sie beide, obendrein etwas von Madison mitbekommen hat, weil er sich so unüblich schweigsam benimmt.

„Was is los?" Ruck raus mit der Sprache!", fordert er Diether auf. Doch in dem Moment scheuchen sie die Backstageleute schon zu ihren Jurorensesseln zurück.

Von Anja Ziegler und Sina Land

Sowas hab ich nicht

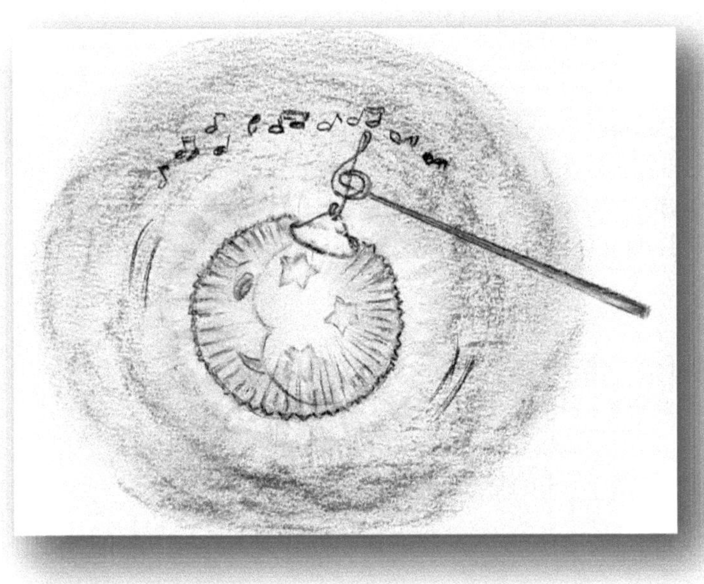

Das Martinsfeuer

lodert hell,
wir singen fröhlich Lieder,
da fällt mir ein kleines Mädchen auf,
steht da, gesenkt die Lider.

Sie sieht verschämt dem Treiben zu,
ich kann die Sehnsucht spüren,
doch alle schauen an ihr vorbei,
kein Finger tut sich rühren.

Ich geh zu ihr und sprech sie an,
„Wer könntest du wohl sein?"
„Bin Maria aus dem Flüchtlingshaus",
sie zieht die Schultern ein.

Ich greife vorsichtig ihre Hand,
„Komm lass uns Martinssingen",
sie schüttelt heftig ihren Kopf,
„Ich hab nicht solche Dinge."

Sie zeigt auf die Laterne,
die ich an nem Stecken halte.
Ich denke nach, dann ruf ich aus,
„Ich hab noch eine alte."

Ich zieh sie mit und bald darauf,
stehen wir vor unserem Haus.
Sie wartet schüchtern an der Tür,
während ich nach oben saus.

Ich komm zurück und freu mich noch,
Laterne in der Hand.
Sie schaut mich mit traurigen Augen an,
als hätt' ich sie verbrannt.

Ich wollte ihr ne Freude machen,
warum seh ich nur Qualen?
Da bricht es leise aus ihr raus,
„Ich kann das nicht bezahlen."

Ich seh sie an und denke nach,
ich will sie nicht beschämen,
wie bringe ich sie klug dazu,
mein Geschenk anzunehmen?

„Wie wäre es mit einem Tausch?“
Sie schaut mich fragend an.
„Du bringst mir ein Lied deiner Heimat bei,
das ich dann singen kann.“

Sie lacht verschmitzt, „Ein schlechter Tausch.
Das lernst du nie, wirst sehen.“
„Das glaub ich kaum und bin bereit,
das Risiko einzugehen.“

Wir ziehen los dann Hand in Hand,
die Laternen schaukeln im Wind.
Ich denk gern an diesen Tag zurück,
seitdem wir Freunde sind.

Von Guido Ewert

Schmelzeffektgarantie

Der Mann

mit der selbstgebastelten Laterne verlässt die Bühne und schlurft durch die Tür in den Backstagebereich.

Madison zupft ihren Bruder am Ärmel und deutet durch den Spalt des sich schließenden Portals. „Dort sollte ICH stehen", presst sie durch die Lippen.

„Ich weiß", knurrt Joe. „Irgendwann merkt es auch der Blödeste, dass du der geborene Star bist und die ...", er deutet dorthin, wo draußen die Juroren sitzen, „werden es schnallen, wenn dich längst ‚Contra-8-TV' vor ihrer versnobten Nase weggeschnappt haben. Doch dann ist es zu spät." Er grinst süffisant.

„Johnson?", hört sie jemanden rufen.

Madison schreckt auf und dreht sich um. Die Polizei läuft in dreifacher Ausfertigung auf sie zu. Ihr Puls schnellt in die Höhe. „Aber ...", stammelt sie, als einer der Männer sich vor ihnen beiden aufbaut. „Ich ... hab ... damit nichts zu tun." Ihre Hände zittern. Die Polizistin nickt.

„Wirklich, das war sicherlich der Catering-Service. Das ist der von ‚Contra-8-TV'. Der andere hat kurzfristig abgesagt. Ich bin mir sicher, diesen

Schlamassel hat die Konkurrenz eingefädelt. Es ist doch schon komisch, dass …“

„Wir wollen zu Joe Johnson …“

Madison bricht ab und schaut ihren Bruder an. Erst verengen sich ihre Augen, dann reißt sie diese auf. „Nein!“, prescht es aus ihr hervor. Das Entsetzen steht ihr ins Gesicht geschrieben. „Du?“ Vehement schüttelt sie den Kopf. „Wegen mir?“

„Kommen Sie bitte mit“, sagt einer der Polizisten, nimmt ihren Bruder an der Schulter und schiebt ihn mit sich. „Sie haben das Recht, die Aussage zu verweigern …“, hallt es in ihren Ohren nach, als sie Joe ungläubig hinterhersieht.

In dem Moment öffnet sich die Show-Tür und der Spot richtet sich auf die kleine Lisa samt ihrer Mama, die im Publikum sitzen. Die Kleine lächelt mit einer sofort einsetzenden Schmelzeffektgarantie. Wie paralysiert wischt sich Madison eine Träne von der Wange. So war sie auch, damals, als Joe ihr wie ein Zwilling kaum von der Seite gewichen ist. Ihr Hals schnürt sich zu, und sie rennt zur Toilette, wo sie sich übergibt.

Von Anja Ziegler und Sina Land

Feuer und Flamme

Sankt Martin

reitet auf dem Pferd voraus
Klein Lisa hält es kaum hinter der Menge aus
Sie drängt mit ihrer selbstgebastelten Laterne
Von der Mama weg, hin zum Martin in die Ferne

Dabei wackelt ihr Kunstwerk fürchterlich
Und die Kerze darin schaukelt sicherlich
Gefährlich furchtbar nah am Papier
Die Mutter sagt panisch: Gib sie lieber mir

Doch Lisa hört der Mama nicht zu, die Kleine
Zum Tausch bekommst du auch die meine
Sie hat ein fabelhaftes elektrisches Licht
Da hast du eine viel, viel bessere Sicht

Die Aussicht, den Martin mühelos zu sehen
Scheint ihr nicht aus dem Kopf zu gehen
Sie tauscht bereitwillig ihre gefährliche Fracht
Und Mama gibt jetzt auf das Kunstwerk acht

Am Ende ist klein Lisa voll zufrieden
Sie konnte mit dem Licht gegen die anderen siegen
Ritt sie doch als Einzige mit Martin
auf seinem Pferd
Das war den Tausch auf jeden Fall wert

Von Sina Land

Entwarnung

- 291 -

„Jetzt wird es 

exotisch. Begrüßen Sie mit mir Herrn Habealles!" Babsy reißt ihre Hände hoch und animiert die Leute, mit ihrem berühmten „Über dem Kopf klatschen" es ihr gleichzutun. Nella spielt mit, auch wenn ihr der Kopf nicht danach steht. Alles für die Einschaltquoten.

Einer aus dem Backstageteam wuselt auf sie zu und stellt jedem der Juroren eine frische Flasche Wasser auf den Tisch. Dabei flüstert er Dieter etwas zu. Als er bei ihr ankommt, spitzt Nella die Ohren.

„Die Polizei hat den Täter geschnappt. Ihr könnt einfach weitermachen."

Sie fasst sich an den Ausschnitt und atmet durch. „Dann ist ja alles gut", murmelt sie zurück.

Der Helfer wuselt weiter zu Boy Schorsch und vollführt dort ebenfalls seinen Auftrag.

Nellas Anspannung weicht einem gelassenen Durchatmen. Mit einem Seufzen greift sie nach der Wasserflasche und nimmt einen kräftigen Schluck. Dann konzentriert sie sich in aller Ruhe auf den Mann, der sich eben auf der Bühne verneigt. In der Hand trägt er einen Strauß voller Klobürsten. Ein Kichern entfährt ihr. Schnurstracks steuert er auf sie zu, überreicht ihr das Mitbringsel mit einer tiefen Verbeugung und sagt: „Für die Dame."

„Sach ma", tönt es von Dieter, „dein Name is ja schon geil, aber dieser Blumenstrauß, das is echt abgefahren. Du has` einen an der Klatsche, glaub ich, aber ich mag das. Du gefällst mir."

Nella schüttelt lachend den Kopf. Die Anspannung scheint gebannt.

Schorsch neben ihr lacht ausgelassen und Tränen der Erleichterung strömen aus seinen Augenwinkeln. „I woaß jetz ned, wos verrückter is: der Herr Habealles, oder unser Dieter – klasse, sog i."

Von Anja Ziegler und Sina Land

Kuriös Inselwelt

Herr Habealles

lenkte sein Boot geschickt auf den Marktplatz. Der Tauschmarkt der Kuriös-Inselwelt fand lediglich alle drei Jahre, drei Monate und drei Tage statt und war daher stets gut besucht. Hier bekamen die Kuriöser, was immer ihr Herz begehrte.

Das Rundboot zu Herrn Habealles Linken bot Klobürstensträuße zum Tausch an. Auf dem großen Floß daneben waren Baumwurzelkleiderständer aufgereiht. Der Fahrer eines anderen pries lauthals seine Hamsterradarmbanduhren an. Ein Kajak, das flott zwischen den Gefährten umherwieselte, musste seine Ladung nicht erst benennen, da jeder vom Duft der Algenpotpourris verführt wurde. Seeigelnadelkissen, Schneidezahnmesser, Eichenblattrüstungen, Brennnesseldecken – nirgendwo anders konnte so einfach ein kompletter Hausstand eingerichtet werden.

Doch Herrn Habealles interessierten die üblichen Gebrauchsgegenstände dieses Mal nicht. Er wollte etwas Exotisches. Etwas ganz Bestimmtes. Grenzenlos war die Begeisterung, als er schließlich fündig wurde. Sein Verbrennerrasenmäher hatte einen Benzinverbrauch, der schon seit Langem

nicht mehr Herrn Habealles' Standards entsprach. Daher nahm er glücklich dafür die Betonmischmaschine in Empfang, mit der er nun seinem Rasen zu Leibe rücken wollte.

Von Donata Schäfer

Warlords

Boy Schorsch

fragt sich, wer denn jetzt für die Versetzung des Wassers mit Durchfallmitteln verantwortlich ist, und winkt den Kameramann zu sich, der sich offenbar erholt und wieder seinen angestammten Platz bezogen hat. Doch er kommt nicht dazu, ihn zu fragen, weil dieser auf die Bühne zuhält, wo ein düsteres Szenario auf die Leinwand produziert wird. Bei der von der Band angestimmten Melodie stellt es ihm die Haare an den Unterarmen auf. Dunkle Gestalten, die an Warlords erinnern, betreten die Bühne und stellen sich wie eine Barriere im Hintergrund auf. Ein weißer Engel betritt ebenfalls die Szenerie. Seine Aura steht im krassen Gegensatz zu dem furchteinflößenden Szenario. Er schwebt fast ins Scheinwerferlicht und senkt den Kopf.

Schorsch fröstelt, obwohl die Gefahr eines erneuten Anschlags jetzt gebannt ist. Bei dem, was auf der Bühne aufgeführt wird, ziehen sich bei ihm auch ohne Laxantivum die Eingeweide zusammen. Er ist froh, als sich die Szene mit einem wohlwollenden Ende auflöst. Als er seine Bewertung in die Kamera hält, fällt der Blick des Protagonisten auf Dieter, der erneut unter dem Tischchen vor ihm verschwunden ist. Was treibt er da? Jetzt braucht er doch keine Tropfen mehr.

Von Anja Ziegler und Sina Land

Der gestiefelte Geist

Die Große

Sintflut - so nennen die Alten den letzten globalen Krieg - liegt bereits einige Jahre zurück. Ich selbst war zu dieser Zeit noch nicht geboren. Dennoch spüre ich bis heute die Auswirkungen und sehe die Zerstörungen sowohl innerhalb als auch außerhalb unserer Siedlung. Der Hunger ist allgegenwärtig, und das Trinkwasser ist rationiert. Täglich durchstreife ich die Umgebung auf der Suche nach Nahrung oder Gegenständen, die ich gegen Essen und Trinken eintausche. Dabei passiere ich einen tiefen Erdtrichter, dessen Wände verglast sind – ein stummer Zeuge der gewaltigen Detonation. Meine gesamte Familie lebt in einem unterirdischen Bunker in unmittelbarer Nachbarschaft, denn die Hitze draußen am Tag ist unerträglich.

Mein Opa, abgemagert und mit schwarzen Brandflecken auf seiner fahlen Haut, spricht nur zögerlich von der Vergangenheit und dem schrecklichen Krieg. Jedes Wort lässt er sich mühsam aus der Nase ziehen. Erstaunt und ungläubig sauge ich seine Erzählungen über die alte Welt auf. Warum wurde dieses einstige Paradies von den Ureinwohnern zerstört?

Früher hat es angeblich unzählige große Städte gegeben, in denen die Menschen alles hatten – sogar Wasser und Essen im Überfluss. Das übersteigt meine Vorstellungskraft und klingt unglaublich. Obwohl ich weiter in die Wüste laufe als manch anderer, bin ich noch nie in einer unbekannten Siedlung gewesen. Einige Verrückte haben versucht, die Todeszone zu durchqueren, doch keiner von ihnen ist zurückgekehrt. Die Hitze am Tag und die „Menschenfresser" in der Nacht sind unüberwindbar. Sobald es dunkel wird und etwas abkühlt, kriechen sie aus ihren Löchern hervor und töten alles, was sich draußen bewegt. Jeder, der noch bei Verstand ist, verbringt die Finsternis hinter einer schweren Eisentür im Bunker.

Am Morgen räumen die „Straßenfeger" im Auftrag ihrer Lords die Überreste des nächtlichen Gemetzels in ihrem Herrschaftsgebiet beiseite. Dennoch findet man tagsüber immer wieder Tote oder Teile von ihnen. Dabei ist unklar, ob es sich um Opfer der Menschenfresser handelt. Genauso gut könnte es sich um frisch getötete Fußsoldaten aus den täglichen Bandenkämpfen innerhalb der Siedlung handeln.

Die fünf Brücken über den stinkenden braunen Fluss sind unter den Banden aufgeteilt. Die notdürftig geflickten Übergänge sind die einzige Möglichkeit, den anderen Siedlungsteil – diesseits oder jenseits – zu erreichen. Aktuell hält jeder der „Big-Five" je eine Brücke besetzt und kassiert von allen bei der Überquerung eine „Sachspende". Täglich entbrennen heftige Kämpfe um den Besitz dieser wichtigsten Einnahmequelle in der Siedlung. Und regelmäßig wechseln die Farben der Fahnen der herrschenden Besatzer auf der Brücke – gelb, rot, blau, grün und schwarz. Persönlich ziehe ich den gelben Lord und seine Vasallen vor, denn sie lächeln stets, wenn ich meinen Obolus bezahle.

Die „Schwarzen" versetzen mich in Angst. Sie wirken immer so, als würden sie den Passanten jeden Moment über das Brückengeländer werfen. Die Farben ihres Lords spiegeln sich auch in ihren Uniformen wider. So können alle schon aus der Ferne erkennen, in welchem Herrschaftsgebiet man sich befindet. Die Hautfarbe spielt keine Rolle – einzig der Farbstoff, das Material der Kleidung und die Bewaffnung markieren den Klassenunterschied. Und damit entscheidet sich auch, wie man an Nahrung und Wasser gelangt.

In dieser harten Welt sind die wichtigsten Berufe die der Kämpfer und der Sucher. Wenn du bei den „Big-Five" in einem von beiden Hauptberufen versagst, bleibt dir nur noch die Rolle des „Straßenfegers" – alternativ springst du gleich in den Fluss.

Ich bin ein ausgezeichneter Sucher und wage mich weit in die Wüste, stets darauf bedacht, rechtzeitig zurückzukehren. Die Hitze macht mir zum Glück nichts aus, und ich komme mit wenig Wasser aus. Opa behauptet: „Du bist ein Mutant!" – was immer das bedeutet.

Gelegentlich erledige ich Botendienste für den ein oder anderen Lord und bessere so meine Essensrationen auf. Dabei spare ich zusätzlich die jeweilige Brückenspende, selbst wenn ich dadurch längere Strecken zurücklege. Laufen bereitet mir keine Schwierigkeiten! Mein größter Schatz sind die bequemen Lederstiefel, die ich in einer Ruine gefunden habe. Sie passen wie eine zweite Haut. Dazu wähle ich ausschließlich weiße Kleidung, so wie der feine Sand der Wüste. Nur die Stiefel sind braun. Damit laufe ich schneller als der Wind. Man nennt mich deshalb den gestiefelten Geist, weil ich blitzschnell und unverhofft auftauche.

Scharfer Verstand und mein ausgezeichneter Instinkt ermöglichen es mir, Hinterhalte, Fallen und Betrügereien der Auftraggeber sofort zu erkennen. Mit List nutze ich diese Erkenntnisse aus, täusche, betrüge und schlage ohne Vorwarnung zu. So gibt es ein weiteres unbekanntes Opfer der „Menschenfresser", und ich gehe dadurch unbehelligt meinen Geschäften nach.

Denn ich bin der Lord der weißen Engel.

Von Ingo M. Ebert

Gift versus Durchfallmittel

 - 306 - 

Die Polizistin

sitzt in der zum „Besprechungszimmer" um-funktionierten Abstellraum am klapprigen Tisch, ein Laptop und Schreibkram vor ihrer Nase. Nachdenklich blättert sie in ihren Papieren.

Madison sitzt ihr gegenüber. Sie hält für einen Moment die Luft an, als ihr Blick auf ihre abgelehnte Geschichte fällt und sie sie erkennt.

„Warum wollen Sie mit mir reden?", fragt die Polizistin.

„Weil Sie den Falschen mitgenommen haben", patzt sie heraus. „Mein Bruder ist unschuldig. Er hat das Wasser nicht vergiftet."

„So?" Die Beamtin bleibt am letzten Wort hängen. „Warum denken sie, dass das Wasser vergiftet war?"

Madisons Gesichtszüge erschlaffen, sie hat sich aber erstaunlich schnell wieder im Griff. „Ich muss es ja schließlich wissen. Und Sie auch. Sie haben doch meine Krimi-Tauschstory gelesen. In ihr werden einige Menschen durch vergiftetes Wasser getötet. Es wird detailliert beschrieben, wie die Täterin die Flaschen präpariert und wie leicht man dieses Wissen im Internet recherchieren kann. Sie haben den Falschen. Er war das nicht." Madison senkt den Kopf und setzt – für ihren Geschmack – eine zu reumütige Miene auf. „Es ist, weil mich diese … Arschlöcher …" Sie atmet tief durch. „Sie haben meine Geschichte abgelehnt. Deshalb habe ich das Wasser vergiftet. Wie in meiner Krimi-Tauschstory. Verstehen Sie?"

Die Polizistin nickt bedächtig. „Es war kein Gift in den Getränken. Nur ein Laxativum."

Madisons Gesicht verliert sämtliche Farbe.

„Ich kann verstehen, dass sie ihren Bruder beschützen wollen. Aber es war keine Vergiftung im üblichen Sinne. Die Übelkeit hat ebenso das Abführmittel hervorgerufen. Ein relativ harmloses Mittel, dennoch extrem wirksam, wenn man es hoch genug dosiert."

Von Anja Ziegler und Sina Land

Schwindler Date

Es war spät

am Abend, als ich mein Trinkgeld zählte und reif für den Feierabend war. Ich hatte einen langen Arbeitstag hinter mir, aber die Schicht hatte sich gelohnt. Bei achtzig Dollar Trinkgeld konnte ich mich nicht beschweren! Zufrieden packte ich die Scheine in die Brieftasche, zog meine Lederjacke an und machte mich auf den Heimweg. Ich hatte noch eine Stunde Zeit bis zu meinem Date mit Samantha, auf die ich schon seit drei Monaten ein Auge geworfen hatte. Allerdings traute ich mich vor zwei Wochen erstmals, sie anzusprechen und auf einen Kaffee einzuladen. Wir hatten uns so gut verstanden, dass ich sie nun zum Essen in meine Wohnung einlud. Na ja … offen gesagt, war es nicht meine Wohnung … sondern die meines Kumpels Jamie.

Ich wohnte in einer ranzigen Einzimmerwohnung in Brooklyn. In einer hässlichen und vor allem gefährlichen Gegend, in der sich eine Frau unmöglich wohl fühlen könnte. Ich fühlte mich dort ebenfalls nicht wohl. Aber bis ich genügend Geld hatte, blieb mir nur die Zähne zusammenzubeißen.

Für meine Dates war ich aber ein anderer Mann. Ein reicher, gutaussehender Typ, der in einer Penthouse-Wohnung auf der Upper East Side wohnte. Mit einem spektakulären Ausblick auf den Central Park. Wie praktisch, dass mein bester Freund mir im Tausch gegen meine freiwilligen Chauffeurdienste nach durchzechten Partynächten regelmäßig seine Bude zur Verfügung stellte, damit ich meine Dates beeindrucken konnte. In der Vergangenheit gab es bloß oberflächliche Bekannt-schaften, mit denen es auch bei einem Treffen blieb. In Samantha sah ich jedoch eine potenzielle feste Freundin. Und ich stand schon so kurz davor, den idealen Job zu ergattern, um meine Wohnsituation deutlich zu verbessern. Wenn wir erst ein Paar waren, würde Samantha also gar nicht bemerken, wo ich herkam. Da war ich sicher …

Mein Handy klingelte. Es war Jamie. „Hey, Kumpel … was gibt's?", begrüßte ich ihn.

„Hey, Jonah, bist du schon in meiner Wohnung?"

„Nein, noch nicht, erst in einer Stunde. Wieso? Stimmt etwas nicht?"

„Nein, schon okay. Ich wollte nur wissen, ob dein Date steht und du die Wohnung heute wirklich brauchst."

„Ganz sicher?", fragte ich unsicher. „Ja, klar! Wir finden eine andere Lösung … und hey, viel Spaß heute, mein Freund!"

„Danke, man."

Eine Stunde später war ich auf dem Weg zum Central Park. Samantha und ich hatten vor, uns erst dort zu treffen, ein bisschen zu spazieren und anschließend bei „mir" zu Hause den gemütlichen Teil des Abends einzuläuten. Statt Essen zu gehen, nahmen wir uns vor, bei einer Flasche Rotwein zusammen Pasta Arrabiata zu kochen. Die aufgeheizte Sommerluft wurde langsam kühler, und ich sah, wie sich eine leichte Gänsehaut auf ihrem Arm bildete.

„Ist dir kalt?", fragte ich.

„Ein wenig …", sagte sie.

„Warte …" Ich zog mir mein Jackett aus und legte es um ihre schmalen Schultern. Sie trug ein hübsches weißes Sommerkleid mit orangenen Blüten. „Wenn du möchtest, können wir uns langsam auf den Weg zu mir machen."

„Ja, das wäre wunderbar." Sie lächelte und griff nach meiner Hand. Und händchenhaltend spazierten wir gemütlich in Richtung Appartement. Ich war doch wirklich ein Glückspilz …

Als wir uns dem Eingang des Gebäudes näherten, in dem Jamie wohnte, sah ich Skepsis in Samanthas Gesicht. Aber sie sagte nichts. Hatte das etwas zu bedeuten? Der Portier öffnete uns die Tür, und die Zweifel in ihrem Blick wurden deutlicher … Aber ich wagte es nicht, sie darauf anzusprechen, und blieb in meiner Rolle des reichen Junggesellen, der schon bald seine Herzensdame für sich gewann. Nicht mehr lange, und ich würde ohnehin dazugehören.

Im siebten Stock angekommen, schloss ich die Tür auf. Sie wirkte, als wäre ihr ein Licht aufgegangen. Aber inwiefern? Mit mir konnte das nichts zu tun haben, denn wir kannten uns ja erst seit drei Monaten. Und da sie mich daraufhin anlächelte, war für mich erst mal alles okay.

„Wow", sagte sie beeindruckt und sah sich um. Dann lief sie zum Fenster und staunte über die faszinierende Aussicht, obwohl es bereits dunkel draußen war.

„Setz dich doch. Ich komme gleich nach", sagte ich zu ihr. Ich holte zwei Weingläser und goss uns beiden ein. Dann setzte ich mich neben sie, und wieder schenkte sie mir ein zauberhaftes Lächeln, das ich nur zu gern erwiderte.

„Wirklich schön hast du es hier."

„Danke."

„Wie lange wohnst du schon hier?", fragte sie.

„Drei Jahre …"

Sie sah mich an. Diesmal durchbohrte sie mich mit ihrem Blick. „Ach, wirklich?", erwiderte Samantha. „Lass uns ein Spiel spielen … Ein Tauschspiel, um uns noch besser kennenzulernen. Was meinst du?"

„Bin dabei! Wie geht das Spiel?" Jetzt wurde es langsam aufregend …

„Wir tauschen ein Geheimnis. Du erzählst mir von dir, und dafür erzähle ich dir von mir. Du fängst an", sagte sie.

Ich überlegte … „Hmmm, na schön … ich … häkele gern." Ich merkte, wie mein Gesicht rot anlief. Aber aus irgendeinem Grund wollte ich ihr das anvertrauen.

„Das ist wirklich süß", sagte sie.

„Und jetzt du." Samantha beugte sich vor und sah mir dabei tief in die Augen: „Ich date einen Betrüger", flüsterte sie mir entgegen.

Entsetzt starrte ich sie an. „Wie bitte?"

„Du wohnst hier überhaupt nicht, richtig?", bemerkte sie, völlig unbeeindruckt von meiner schockierten Reaktion.

„D-doch, sicher! Wie kommst du denn auf diese absurde Idee?"

„Na, weil das hier die Wohnung meines Bruders ist, der mir vorhin am Telefon erklärt hat, ich

müsste heute in einem Hotel übernachten, weil sein Kumpel seine Wohnung für ein Date braucht."

„Ich … ich kann das erklären", versuchte ich mich zu rechtfertigen.

„Lass mich raten … Du schämst dich dafür, in einer billigen Absteige in Brooklyn zu wohnen, und spielst deinen Dates vor, reich zu sein, um sie zu beeindrucken?"

„Woher …?" Jamie, dieser Idiot! Warum musste er seiner Schwester davon erzählen? Aber woher sollte er auch wissen, dass ich ausgerechnet seine Schwester date …?

„Wenn du mich nicht wiedersehen willst … dann … versteh ich das."

„Warum sollte ich?"

Verdutzt schaute ich sie an. „Na, weil ich dich angelogen hab", antwortete ich irritiert.

Sie zuckte mit den Schultern. „Ich gehe davon aus, dass du es nicht wieder tun wirst. Oder?"

„Nein … ganz bestimmt nicht."

„Sehr gut. Und jetzt, wo wir das geklärt haben, lass uns einen schönen Abend verbringen."

Jetzt war ich mir absolut sicher: Ich war ein echter Glückspilz …

Von Maria Jimenez

Bonus

D ieters Magen

krümmt sich, obwohl er permanent dieses Mittel eingenommen hat, das ihm die Apothekerin empfohlen hat. Es ist, als würde es alles verschlimmern, anstatt zu verbessern. Von der letzten Geschichte hat er kaum etwas mitbekommen, so extrem sind seine Schmerzen inzwischen. Ohne zu wissen, was er für eine Bewertung aus dem Kästchen zieht, greift er zu und hält die Karte hoch. Verschwommen nimmt er Babsy wahr, die mit ihren Fingern einen Kreis formt. Was bedeutet das? Zielt sie darauf ab, ihn vor laufender Kamera zu blamieren?

Unsanft wird ihm die Karte entrissen, und er schaut nach dem Verursacher. Nella lächelt ihn an und tätschelt ihm die Hand. Sie dreht die Bewertung um, die auf dem Kopf stand, und steckt sie ihm ordentlich zwischen die Finger. Der Kameramann hält erst auf ihn, schwenkt dann aber schleunigst auf die Benotung.

„Alles in Ordnung?", zischt er ihm durch zusammengebissene Zähne zu. „Brauchst du eine Pause? Ich geb es dem Produktionsleiter weiter."

Doch Dieter winkt tapfer ab. Durchhalten, sagt er sich. Es sind nur wenige weitere Storys bis zur Bekanntgabe, wer das Rennen für den Film gewonnen hat. Seine Abschlussworte müssen rumsen, und dafür wird er sorgen. Die komplette Woche hat er an seinen Fisimatenten gearbeitet. Die wird er jetzt heraushauen, um die Quote noch einmal ordentlich zu puschen und seinen anteiligen Bonus vom Produzenten in die Höhe zu treiben, der ihn extra dafür engagiert hat. Hau rein, Dieter, sagt er sich. Koste es, was es wolle.

Von Anja Ziegler und Sina Land

Raketenlavalampe

Nirgendwo

gab es diese Fireflow-Raketenlavalampe, die sich Erwin gewünscht hatte. In jedem Laden nur Kopfschütteln. Lene war am Verzweifeln.

Im allerletzten Beleuchtungsfachgeschäft bekam sie lediglich die Ansage: „Leider ausverkauft!" Immerhin gab es dort noch einen einzigen dieser modernen Kerzenständer, das wäre zumindest eine Alternative.

Kurz vor der Kasse tippte ihr ein Fremder auf die Schulter. „Entschuldigung, Sie suchen eine Fireflow? Zufällig hätte ich so eine daheim, originalverpackt. Mir gefällt die, aber meine Frau bevorzugt ein romantisches Licht." Lene schaute verständnislos drein.

„Mein Vorschlag ist: Sie kaufen den Kerzenständer, und gleich darauf tauschen wir ihn gegen meine Fireflow."

Von Anja Ziegler

Lichtvoller Tunnel

Die flackernde

Lavalampe verschwindet endlich auf der Leinwand. Dieses beständige Lichterzucken ließ Dieters Kopf komplett kirre werden. Die Protagonistin gleitet mit einem historischen Kerzenständer in der Hand vom Barhocker und verlässt die Showbühne. In dem Moment durchzuckt ihn ein Schmerz, als hätte ihm jemand ein Messer in den Bauch gerammt. Mechanisch sieht er sich nach einer Einstichstelle auf dem Hemd um. Hat Babsy ihn umgebracht? fragt er sich und sucht nach blutigen Stellen, findet aber keine. Dann richtet er seinen verschwommenen Blick auf das Rampenlicht. Die Moderatorin ist zur Tür unterwegs, um mit einer Eule auf der Hand zurückzukehren. Er blinzelt, fällt es ihm doch immens schwer, seinen Fokus zu halten. Benommen reibt er sich über die Augen, aber es bringt ihm keine Erkenntnis. In seinem Kopf dröhnt es, als hätte dort eine Horde lärmender Raben Einzug gehalten. Seine Wahrnehmung reicht noch, um zu registrieren, dass eine weitere Person auf die Bühne tritt. Sie trägt einen Mäusekäfig. Darin wuselt es. Hat er Halluzinationen? Sind das die

berühmten Bilder, die vor dem Tod in den Köpfen der Sterbenden aufflackern? Aber wann hatte er in seinem Leben mit Eulen und Mäusen zu schaffen? Er hätte erwartet, dass ihm sein Ableben sämtliche Frauen, die er geliebt hat, als Abschiedsgeschenk beschert. Tiere? Das ist sein letzter Gedanke, dann sinkt er von seinem Jurorensessel und verschwindet in einer tiefen Dunkelheit. Zum Glück taucht danach ein lichtvoller Tunnel vor ihm auf, der ihn ins Jenseits befördert.

Von Anja Ziegler und Sina Land

Bahamas

Zwei Wochen

später sitzen Nella und Boy Schorsch in einem Kaffee, beide in für sie untypischen Klamotten. Sie steckt in einem Kaftan, er in einem Scheich-Gewand. Gemeinschaftlich rühren sie in ihren Tassen herum. Schorschi ist heilfroh, dass sie dem Medien-Rummel bei Dieters Beerdigung durch ihre Verkleidung entkamen.

„Ick bin froh, det wa nich mit unsrem Dieterleinchen uff'n Friedhof mussten."

Schorsch zieht seinen Schnupftabak in die Nase, niest und schnäuzt sich lautstark. „Ja, beinah hätt' ma zu dritt Friedhof der Kuscheltiere spielen können."

Nella schnauft angestrengt. „Wer hätte das denn ahnen können, dass unser Dieter umgebracht wird, wo doch am Ende der Sendung alles jut war. Die Polizei hatte den Täter und wir Entwarnung."

„Des hat keiner wissen können, dass ES noch nicht vorbei war. Uns hätte es genauso erwischen können."

Nella leckt ihren Löffel ab. „Ick muss dir mal wat sagen. Ick finde det jut."

Boy Schorsch zieht die Augenbrauen hoch. „Was findest du gut? Dass sie die Sendung vor der Bekanntgabe des Gewinners abgebrochen haben. Na, das ist doch das Mindeste. Der Dieter stirbt vor laufender Kamera, und die machen weiter, als wäre nix gewesen? Nein, das kann nicht mal der abgebrühteste Produzent bringen. Einschaltquoten hin oder her.“

„Det mein' ick doch nich.“ Nella verdreht die Augen.

„Ja, was meinst du denn dann?“

„Ich finde es gut, dass der Film jetzt nicht nur mit einer einzigen Tauschgeschichte produziert wird, sondern eine komplette Serie mit allen vorgetragenen Storys aus dem Casting hervorgeht.“

Schorsch tippt sich an die Stirn. „Aaa so. Ja, des ist guad. Allerdings ist das eine extreme Mauschelei. Da dreht es mir den Magen auch ohne Gift im Wasser um. Das hat der Produzent doch alles vorher schon entschieden. Das Protagonisten-Casting gab es nur wegen der Einschaltquoten. Die Entscheidung mit der ganzen Serie stand vorher fest. Da bin i mia sicha. Also irgendwie ist diese Branche nicht mehr das, was sie einmal war.“

Nella schüttelt den Kopf. „Knallhart war sie doch schon immer. Und das wird sich auch nicht ändern.“

Versonnen rührt er in seinem Kaffee herum, wohingegen seine Kollegin den ihren längst ausgetrunken hat. „Ich weiß nicht … Dieters Tod … die Anschläge auf uns … das ganze Drama. Irgendwie mag ich nicht mehr. Wir sind ja auch nicht mehr die Jüngsten. Meinst du nicht auch, wir sollten uns was anderes suchen? Es wird mir in dieser Branche zu mordlüstern." Er hat ein euphorisches und ausladend gestikulierendes Verneinen von Nella erwartet, aber es bleibt still bei seinem Gegenüber.

„Schau … eine Madison, die sich rächen möchte, wird es überall geben. Und irgendwann wird so jemand es schaffen, auch uns beiseite zu räumen."

Nella schaut auf, blinzelt eine Träne weg. „Joe wollte ihr helfen. Er hat nur Abführmittel benutzt. Aber Madison hat nach seiner Verhaftung ihre eigene Geschichte wahrgemacht, um sich an uns zu rächen, und jetzt hat sie unseren armen Dieter vergiftet. Wie in ihrer Krimi-Tauschstory. Das ist krank. Ich habe keine Lust mehr auf diesen Affenzirkus, der uns am Ende das Leben kostet. Lass uns aussteigen. Eine Musikschule eröffnen oder auf die Bahamas auswandern. Dort wollte ich immer hin und länger als für eine kurze Show bleiben. Was hältst du davon?" Sie legt ihre Hände auf die seinen und schaut ihm so intensiv in die Augen, dass ihm ein Schauer über den Rücken läuft.

Schorsch schluckt. „Musik … ich weiß nicht. In der Schule haben sich alle die Ohren zugehalten, wenn ich Flöte gespielt habe. Vielleicht lieber Karikaturen töpfern oder eine Hinduschule für gestrandete Moderatorinnen."

Nella wischt sich mit dem Kaftanärmel die Tränen von den Wangen. „Nö, ick hab da wat. Wir gründen eine Schule für Dialekt. Du unterrichtest bayrisch, und ich konzentriere mich auf Berlin. Von mir aus auch im Kaftan und du im Scheichs-Gewand Kandora oder Dishdasha. Egal, was wir anstellen: Ich bleib bei dir. Ick hab dir nämlich jern."

Boy Schorsch denk sich verhört zu haben.

„Kiek nich so debil aus die Wäsche." Sie kramt in ihrer Handtasche, holt eine Sanduhr hervor und stellt sie vor ihm auf den Tisch. Sofort rieselt feiner weißer Sand von oben in den freien Behälter herunter. „Du hast drei Minuten Zeit, den Mord an unserem Didi gegen ein neues Leben für dich zu tauschen. Bis dahin erzähle ich dir meine Geschichte vom Strand auf den Bahamas."

Von Anja Ziegler und Sina Land

Die Autor:innen

Sina Land

Sie ist die Erfinderin von GAMBIO und schreibt gerne Geschichten mit humorvollem Tiefgang.
www.sina-land.jimdofree.com

Donata Schäfer

Als Lektorin und Korrektorin macht sie mehr aus deinen Texten als die Summe der Wörter.
www.texthueterin.de

Ingo M. Ebert

Der Kinderbuchautor ist ständig auf Abenteuerreise und der Suche nach dem wahren Leben.
www.ingo-m-ebert.de

Anja Ziegler

Ihre Geschichten spiegeln
ihren Humor, den sie als
überlebensnotwendig
empfindet.
@autorin.anja.ziegler

Guido Ewert

Geboren in Köln, lebt er
mit seinen Katzen in Hessen
und lässt dort seine
Lebenserfahrung in
Kurzgeschichten, Poesie und
in Romane einfließen.
www.ewertonline.de

Marco Plate

Er lebt und schreibt als
freier Autor in Frankreich.
Neben Kurzgeschichten
veröffentlichte er 2022
seine Dystopie "Herr der
Steine".
www. marco-plate.de

Steffi Lofeldt

Die Autorin von Romanen, Kurzgeschichten und Gedichten fühlt sich im Genre Liebe zu Hause, mitunter darf es auch ein wenig fantastisch sein.
www.steffi-lofeldt.jimdosite.com

Maria Jimenez

Wenn sie nicht gerade Artikel schreibt oder Beiträge für ihren Blog auf Instagram verfasst, schreibt sie humorvolle Kurzgeschichten mit Herz.
@meine_lesereise

Petra Baar

Neben Krimis und Thrillern schreibt sie leidenschaftlich Geschichten für Kinder.
www.albertundmimi.de
www.hopfhandwerke.de
@piet_zeichnet_wortwelten

Gerd Schäfer

Der Autor schreibt
Erwachsenenromane für
Herz und Seele.
www.gerdschaefer.com

nur_maro

Die Autorin sagt
von sich:
"Ich schreibe die Geschichten,
die mich finden."
@nur_maro

Inna Schrameyer

Sie hat das Malen von ihrem
Opa geerbt. Geschichten zu
illustrieren ist für sie eine
dankbare Aufgabe – eine, bei
der sie Emotionen
ausdrücken und ihrer
Kreativität das i-Tüpfelchen
verleihen kann.

Reihe

GAMBIO

Der perfekte Tausch

GAMBIO ist ein Projekt, bei dem zahlreiche Autor:innen aus unterschiedlichen Genres ein Buch zum Thema „Der perfekte Tausch" schreiben.

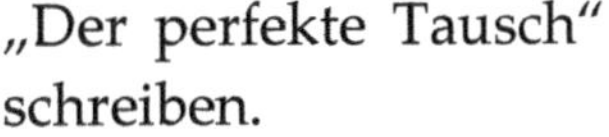

Gemeinsam texten wir in den kommenden Jahren an einer Buch-Reihe mit einer Vielzahl an individuellen Geschichten aus vielen unterschiedlichen Genres. Dabei tauchen in den Büchern immer wieder Romanhelden aus anderen Geschichten der Reihe auf. Aufmerksame Leser entdecken hier gewiss den einen oder anderen Protagonisten, der aus einem anderen Buch kurzzeitig hierher gewechselt ist, um kraftvoll mitzumischen.

Bereits erschienen

Brautkleid oder Zuckerwatte
Entwicklungsroman von Sina Land

Kater Levi - Der perfekte Tausch
Kinderbuch von Ingo M. Ebert

Tylda, die kleine Wasserhexe
Kinderbuch von Ricner Fock

Stadt, Land, Glück
Wohlfühlroman von Gerd Schäfer und Sina Land

Frust oder Feuerwerk
Entwicklungsroman von Sina Land

Oma Käthe kann's nicht lassen
Das verrückte Testament
Familienroman von Jenny Barbara Altmann, Mia Lena Bestil, Ingo M. Ebert, Gerd Schäfer, Sina Land

Librophon
Eine Telefonzelle voller Tauschgeschichten

Ein Roman zusammengesetzt aus lauter
Kurzgeschichten, die in einer Rahmengeschichte
integriert wurden.
Geschrieben vom gesamten
GAMBIO-Team

Tauschrausch – Tretmühle oder Überholmanöver

Lifestyleroman von Anja Ziegler und Sina Land

Enya&Liam – Meine Seele für dein Leben

Fantasyroman von Jenny Barbara Altmann

Die Tauschgeschäfte des Benjamin von Glyk

Märchenadaptation von Susanne Eisele

Vinylschuppen
Ein Schallplattenladen voller Tauschgeschichten

Ein Roman zusammengesetzt aus lauter
Kurzgeschichten, die in einer Rahmengeschichte
integriert wurden.
Geschrieben vom gesamten
GAMBIO-Team

Nicht mehr ohne dich
Liebesroman von Steffi Lofeldt

Dr. Gamber sucht die Liebe
Kurzgeschichten von Anja Ziegler

Weitere Infos findet ihr auf:
www.gambio-der-perfekte-tausch.jimdosite.com

Projekt
Z

Tokyo in der Zukunft

Als Miko in ihrer Firma auf ein gut gehütetes
Geheimnis stößt, ist schon bald ihr Leben in
Gefahr. In ihrer Verzweiflung bittet sie den
dubiosen Bo um Hilfe. Doch wer ist dieser Mann,
der keine Bezahlung akzeptiert und lediglich im
Tausch gegen Gefallen arbeitet?
Kann sie ihm vertrauen oder wird er sie und ihre
Tochter Akiko bei nächster Gelegenheit an die
allmächtigen Konzerne verraten?
Miko bleibt keine andere Wahl, als sich darauf
einzulassen, auch wenn eine Frage nicht aus ihrem
Kopf verschwinden will:
Was wird er wohl im Gegenzug von ihr verlangen?

Guido Ewert

Textausschnitt dazu

Ich tippte kurz auf das Smart-Com an meinem linken Handgelenk und eine Hologramm-Projektion zeigt mir die nächste Klientin an. Ich liebte dieses Gadget, das die früher üblichen, klobigen Smartphones ersetzt hatte. Was ich nicht so cool fand, war die Nachricht, die es mir übermittelte. Die junge Frau, die als Hologramm vor mir in die Luft projiziert wurde, sah verzweifelt aus und offensichtlich wurde sie verfolgt. Die Aufzeichnung ihres Anrufs zeigte, wie sie im Laufen in ihr Com-Armband sprach. Der Hintergrund wackelte kräftig, wie bei einem dieser alten C-Movies, die ich mir gern ansah. Ich lief um zwei Ecken, dann öffnete ich die Türe zu meinem perfekt getarnten Solargleiter, der mich an mein Ziel bringen würde. Für einen zufälligen Beobachter musste es so wirken, als hätte ich mitten auf der Straße eine Türe geöffnet. Ich sprang auf den Pilotenstuhl und gleich darauf hob ich ab.

„Hallo Bo. Na rettest du jetzt wieder eine Jungfrau in Nöten?", witzelte Kani, meine KI und ich verdrehte die Augen.

„Keine Ahnung, ob sie Jungfrau ist, aber es sieht aus, als würde sie wirklich in Schwierigkeiten stecken", entgegnete ich.

„So wie die Letzte die dich angefordert hat, weil sie einen Drink auf ihrem Cocktailkleid verschüttet hat?"

„Erinnere mich bloß nicht daran", stöhnte ich. „Aber der haben wir ja einen schönen Denkzettel verpasst", entgegnete ich und dachte an den Gesichtsausdruck der überkandidelten Möchtegern-Influencerin, als sie sich durch eine meterdicke Dornenhecke kämpfen musste, um in ihr Edel-Appartement zu kommen. Das hatte sich in den Medien schnell rumgesprochen und seitdem trug sie den Spitznamen »Dornröschen«, sehr zu ihrem Missfallen.

Text von Guido Ewert

Vorschau 2026

Das Mörderische Kaffeekränzchen
Wo das Böse hinter dem Sahnetörtchen lauert

Im beschaulichen Dörfchen Husenbückl sorgen die resoluten und betagten Damen vom Kaffeekränzchen für Recht und Ordnung. Sie kümmern sich im Auftrag der Bewohner um untreue und Unfrieden stiftende Ehemänner. Doch dieses Mal sind sie auf andere Weise herausgefordert. Oma Käthes plötzlicher Tod muss aufgeklärt werden. Die Kaffeekränzchen-Damen hegen einen haarsträubenden Verdacht: Hier hatte jemand seine bösartigen Finger im Spiel.

Mit bayrischer Verstärkung und Oma Käthes himmlischer Unterstützung macht sich die Truppe daran, den Fall zu lösen. Ein humorvoller Nordseekrimi - voller Charme, Chaos und unerwarteten Wendungen.

Text vom Team GAMBIO